INTRODUÇÃO À LEITURA DE UMA ABELHA NA CHUVA

Outros trabalhos do autor:

Estatuto e perspectivas do narrador na ficção de Eça de Queirós, Coimbra, Livraria Almedina, 1975.

Técnicas de análise textual, Coimbra, Livraria Almedina, 1976,

Introdução à leitura d'Os Maias, Coimbra, Livraria Almedina, 1978.

Fundamentos y técnicas del análisis literario, Madrid, Ed. Gredos, 1981.

Construção da leitura. Ensaios de metodologia e crítica literária, Coimbra, I.N.I.C., 1982.

O discurso ideológico do Neo-Realismo português, Coimbra, Livraria Almedina, 1983.

Dicionário de Narratologia (em colab. com Ana Cristina M. Lopes), Coimbra, Livraria Almedina, 1987.

Para una semiótica de la ideología, Madrid, Taurus, 1987.

Introdução à leitura das Viagens na minha terra, Coimbra, Livraria Almedina, 1987.

Dicionário de teoria da narrativa, São Paulo, Ática, 1988.

A construção da narrativa queirosiana. O espólio de Eça de Queirós (em colab. com Maria do Rosário Milheiro), Lisboa, Imprensa Nacional-Casa da Moeda, 1989.

As Conferências do Casino, Lisboa, Alfa, 1991.

Towards a Semiotics of Ideology, Berlin/New York, Mouton de Gruyter, 1993.

História Crítica da Literatura Portuguesa. O Romantismo (em colab. com Maria da Natividade Pires), Lisboa, Verbo, 1993.

O Conhecimento da Literatura. Introdução aos Estudos Literários, Coimbra, Livraria Almedina, 1995.

CARLOS REIS
Professor da Faculdade de Letras de Coimbra

INTRODUÇÃO À LEITURA DE UMA ABELHA NA CHUVA

2.ª edição

REIMPRESSÃO DA EDIÇÃO DE 1996

ALMEDINA

*Todos os exemplares são numerados
e rubricados pelo autor*

INTRODUÇÃO À LEITURA
DE UMA ABELHA NA CHUVA

AUTOR
CARLOS REIS

EDITOR
EDIÇÕES ALMEDINA, SA
Rua da Estrela, n.º 6
3000-161 Coimbra
Tel: 239 851 904
Fax: 239 851 901
www.almedina.net
editora@almedina.net

EXECUÇÃO GRÁFICA
G.C. GRÁFICA DE COIMBRA, LDA.
Palheira – Assafarge
3001-453 Coimbra
producao@graficadecoimbra.pt

Abril, 2005

DEPÓSITO LEGAL
98324/96

Toda a reprodução desta obra, por fotocópia ou outro qualquer processo, sem prévia autorização escrita do Editor, é ilícita e passível de procedimento judicial contra o infractor.

NOTA PRÉVIA
(2.ª edição)

A reedição deste pequeno trabalho, a mais de quinze anos de distância da sua primeira edição, pode parecer (mesmo ao seu autor...) um tanto estranha e algo deslocada, em relação ao estado actual dos estudos literários. Concebida no quadro de um projecto de investigação mais amplo e subordinada a uma orientação metodológica particular, esta análise do romance *Uma Abelha na Chuva* aparece agora como um trabalho inevitavelmente datado: a narratologia evoluiu muito desde os anos 70, dilatou-se a bibliografia sobre Carlos de Oliveira e o conhecimento que hoje possuímos do Neo-Realismo é mais minucioso e circunstanciado do que então era.

Como quer que seja—e uma vez que parece ainda existir um público a quem esta monografia pode ser útil—reedita-se agora a *Introdução ao Estudo de Uma Abelha na Chuva*, sem que no seu texto tenham sido introduzidas quaisquer alterações. Para o fazermos, necessitaríamos de condições (que não são só de tempo) para repensarmos a orgânica interna desta análise; o que talvez levasse—levaria certamente—a uma reescrita tão profunda que se perderia nela a marca do tempo em que este livro foi concebido.

Carlos Reis

PREFÁCIO

A leitura crítica duma narrativa como Uma abelha na chuva *levanta alguns problemas decorrentes não só da sua própria especificidade, mas também da sua integração num determinado sistema literário. Dominada por um conjunto de recursos técnico-narrativos relativamente complexos, a obra em questão insere-se, por outro lado, num movimento literário (o Neo-Realismo) em cujo devir e transformação participa de forma muito activa. Daí que a leitura de* Uma abelha na chuva *não possa abdicar, em nossa opinião, duma integração na dinâmica do Neo-Realismo, integração essa que nem por surgir elaborada em termos puramente introdutórios deve merecer menos atenção. Para além disso, o estudo que a seguir propomos reclama-se de uma orientação metodológica precisa: a que decorre dos ensinamentos da semiótica literária cujos contributos teóricos constituem instrumentos de grande eficácia operatória, sobretudo no domínio da análise da narrativa. Não significa esta opção que a leitura crítica que empreendemos implique o enclausuramento dentro de fronteiras rigidamente demarcadas: quando as circunstâncias o exigem, solicita-se também a colaboração acessória de outras correntes metodológicas como, por exemplo, a estilística e o estruturalismo literário, para já não falar na perspectivação histórico-literária a que genericamente obedece a inserção de* Uma abelha na chuva *no contexto do Neo-Realismo.*

Com tudo isto, o presente trabalho define-se, na linha de um outro que anteriormente publicámos (Introdução à leitura d'Os Mais), *como abordagem de pura iniciação. Por essa razão, não lhe deve ser exigido mais do que ele pretende dar; e também por ser norteado por esse intuito, a sua formulação procura concretizar-se numa linguagem didáctica em que a clareza expositiva não é objectivo despiciendo. O que não impede, como é óbvio, o recurso a um conjunto de conceitos e elementos de análise (hoje, aliás, já relativamente correntes) que, desde que entendidos e utilizados como meio e não como fim em si, podem ajudar a esclarecer os significados mais profundos de uma obra de indiscutível qualidade estético-literária.*

INTRODUÇÃO

1. Neo-Realismo e empenhamento literário

O Neo-Realismo português, como período literário dotado de características programáticas definidas, constituiu-se, no final da primeira metade deste século, motivado por factores socioliterários específicos e diversamente relacionado com outros movimentos estéticos e ideológicos contemporâneos ou cronologicamente próximos.

Tal como acontecera com os que o precederam, o Neo-Realismo português nutriu-se primacialmente de coordenadas históricas e sociais que, de um modo ou outro, solicitaram a sua atenção. Assim, não poderão ser ignorados, como elementos motores de uma prática literária empenhada, fenómenos como a crise económica dos anos vinte, a instauração (sobretudo na Itália, na Alemanha, na Espanha e, obviamente, em Portugal) de regimes políticos de feição totalitária e, como acontecimento culminante, o deflagrar da segunda guerra mundial.

Desencadeando profundas transformações socioeconómicas, os factores enunciados (muito vivos no espírito dos escritores neo-realistas, como o prova o prefácio de Alves Redol a *Gaibéus)* não eram mais do que manifestações superficiais provocadas por forças «subterrâneas»: o acelerar do desenvolvimento de economias de carácter monopolista, a progressiva industrialização das sociedades ocidentais, com origem na segunda metade do século XIX, a germinação e posterior amadurecimento de conflitos de classe irrefreáveis, a feição de simultaneidade conferida à vida social pelo incremento dos *mass media*, etc.

Ocupando, como em muitas outras épocas se verificou, um lugar periférico no contexto cultural europeu, a literatura portuguesa de pendor neo--realista não podia deixar de ser influenciada por manifestações de idêntico teor que a precederam. Assim aconteceu, antes de mais, em relação ao Realismo socialista, a cuja lição não foi alheia a constituição do Neo-Realismo português.

Mais do que qualquer outro movimento literário de características afins, o Realismo socialista assentava a sua concepção do fenómeno literário numa informação ideológica de natureza marxista, favorecida, como se compreende, pelas circunstâncias históricas em que surgiu, na Rússia dos anos vinte e trinta. Encarando a História e a Arte como disciplinas estreitamente relacionadas, procurando ligar a Literatura ao homem concreto, histórica e economicamente demarcado, batendo-se por uma representação directa e despudorada dos conflitos sociais, o Realismo socialista teve em Plekhanov e Jdanov os seus principais impulsionadores teóricos.

Em função do exposto, não é de estranhar que encontremos Jdanov, no decurso do Primeiro Congresso dos Escritores Soviéticos (1934), programando para o Realismo socialista a missão de «conhecer a vida para a poder representar veridicamente nas obras de arte, representá-la, não de maneira escolástica, morta, não só simplesmente como a «realidade objectiva» mas representar a realidade no seu desenvolvimento revolucionário» ([1]). Concomitantemente, competia ao Realismo socialista (como movimento literário historicamente integrado) a «tarefa de transformação ideológica e de educação dos trabalhadores no espírito do socialismo» ([2]).

Com base nas teses defendidas, não surpreendia que os adeptos do Realismo socialista contestassem vigorosamente qualquer forma de expressão artística não figurativa, ao mesmo tempo que combatiam o carácter elitista das teorias estéticas da arte pela arte. Sintomática a este respeito é a dogmática condenação a que Jdanov sujeitou a poetisa Anna Akhmatova ([3]); como o é igualmente (embora noutro domínio) a condenação de que foram objecto as inovações teóricas e críticas que, no campo da linguística e da teoria literária, foram aduzidas por estudiosos como Jakobson e Tynjanov, entre outros, pejorativamente rotulados de «formalistas» ([4]).

([1]) A. JDANOV, *Sobre a literatura, a filosofia e a música*, Porto, Sementes, 1975, pp. 17-18.

([2]) *Ibidem*, p. 18.

([3]) Cf. *op. cit.*, pp. 27-33. Sobre as teses jdanovistas veja-se o ensaio de JEAN-LOUIS HOUDEBINE, «Jdanov ou Joyce?», in *Tel Quel*, 69, Paris, 1977.

([4]) Cf. VICTOR ERLICH, *El formalismo ruso*, Barcelona, Seix Barral, 1974, pp. 141 ss. e 169 ss.

Rigorosamente sintonizada com os anseios do Realismo socialista estava, antes de qualquer outra, a obra de Máximo Gorki, justamente inspirada por uma infância dura e por uma experiência de vida em contacto directo com realidades sociais deprimentes. Identificado com as carências e privações do proletariado, Gorki soube, melhor do que ninguém, representar em termos de ficção narrativa — como o atesta o seu romance *A Mãe* (1907) — o sofrimento e as lutas de uma classe em ascensão histórica.

Mas não só o Realismo socialista precedeu o Neo-Realismo português. O mesmo aconteceu com o romance americano dos anos vinte e trinta, igualmente de feição realista, embora gerado à luz de condicionamentos históricos diversos dos que inspiraram o Realismo socialista. Deste modo, aquela a que Gertrude Stein chamou a «geração perdida» — Jonh Steinbeck, Ernest Hemingway, William Faulkner e outros — privilegiou também a temática dos deserdados sociais, mas dimensionando-a à luz de características específicas da sociedade americana do período de entre as duas guerras.

Ao assumirem como «impulso inspirador imediato a reacção contra a guerra e contra as mitologias que a tornam possível», os escritores citados batiam-se por «uma ética do instinto, do repúdio das hipocrisias e da desistência dum sentido moral da vida» ([5]). Daí a sua preocupação por questões como a segregação racial, o espírito competitivo de uma sociedade que se pretendia democrática, a ânsia do lucro e as distorções dela defluentes, os traumatismos provocados pela crise económica do final dos anos vinte, etc., etc. Tudo isto inegavelmente influenciado por duas conquistas culturais que na América dessa época foram objecto de grande incremento: a psicologia behaviourista, com a atenção virada prioritariamente para os fenómenos exteriores do comportamento humano, e o cinema, susceptível de constituir um processo de representação objectiva e desapaixonada da realidade.

Tocado, em grande parte, pelas coordenadas citadas, um romance como *As vinhas da ira* (1939) de John Steinbeck constitui um dos mais fiéis representantes do realismo americano. Através de uma formulação narrativa tendencialmente despida de subjectividade e conotada com o discurso da reportagem, o narrador de *As vinhas da ira* narra a história numa perspectiva de pura exterioridade em relação às personagens e aos fenómenos sociais que as condicionam. Personagens essas obviamente marcadas pelo sofrimento e

---

([5]) ÁLVARO SALEMA, «A "Geração Perdida"», in *Colóquio/Letras*, 28, Lisboa, 1975, p. 18.

pela privação: em dois níveis narrativos distintos que alternam ao longo do romance, conta-se a história da procura, por parte da família Joad, de um cenário de vida acolhedor, procura integrada no êxodo de vastas camadas da população em busca de uma saída para a crise económica e social que as atormenta.

Curiosamente, o romance brasileiro posterior a 1920 apresenta certas afinidades com algumas das obras dos autores americanos mencionados, definindo-se também como precursor do Neo-Realismo português ([6]). Para os romancistas brasileiros empenhados em vincular a literatura à realidade, é sobretudo o Nordeste o espaço geoeconómico privilegiado; porque zona em que as crises sociais e económicas se agudizam, em função de condições climatéricas particularmente adversas, o Nordeste facultou à atenção de escritores como Jorge Amado, Graciliano Ramos, José Lins do Rego, Rachel de Queiroz e outros, temas em perfeita consonância com uma prática literária socialmente empenhada. O fenómeno do cangaço e sobretudo a seca polarizaram o interesse de vários desses escritores, na esteira de José Américo de Almeida que com *A bagaceira* (1928) praticamente abrira caminho ao romance nordestino.

Deste modo, com Jorge Amado, são as condições de exploração económica do cacau e dos que o cultivam em situações infra-humanas que, em *Cacau* (1933), seduzem um escritor longe ainda do humor e da sátira de costumes próprios de *Gabriela, cravo e canela* (1958) e *Dona flor e seus dois maridos* (1966). Uma atmosfera regional (mas não dimensionada pela óptica do pitoresco folclórico) era igualmente a que, em *Menino de engenho* (1932), atraía José Lins do Rego, particularmente centrado no universo social da cultura da cana do açúcar, tal como acontecia também em *Doidinho* (1933), *Usina* (1936) e outros. Finalmente, com *O Quinze* (1930) de Rachel de Queiroz e *Vidas secas* (1938) de Graciliano Ramos, é na seca e na decomposição de uma sociedade agrária primitiva que se concentra a atenção do escritor. Sobretudo neste último, sem dúvida um dos mais impressionantes testemunhos do romance nordestino, deparamos fundamentalmente com a intenção de ultrapassar a mera representação mimética do espaço físico; superando essa tendência, *Vidas secas* preocupa-se em projectar sobre homens e animais o impacto destruidor de uma situação geoeconómica degradada.

([6]) Cf. FERNANDO MENDONÇA. «O romance nordestino e o romance neo-realista», in *Três ensaios de literatura*, São Paulo, Fac. de Filosofia, Ciências e Letras de Assis, 1967, pp. 27-41.

2. Características programáticas

Integrando-se na movimentação sociocultural subjacente aos movimentos que o precederam, o Neo-Realismo português cedo consolidou uma consciência programática muito nítida. Essa consciência decorreu de três domínios: as polémicas literárias, a crítica e ensaística e, como é óbvio, as obras literárias propriamente ditas, compreendendo-se nelas, para este efeito, textos programáticos ligados ao seu aparecimento (prefácios, notas explicativas, etc.).

As fontes enunciadas (que adiante desenvolveremos) não se explicam, porém, cabalmente, se as não entendermos na condição de elementos integrados na dinâmica global da evolução literária da primeira metade deste século. Evolução literária que, em todas as épocas, assentou no conflito mais ou menos vivo entre continuidade e ruptura; isto é: entre o desejo, por um lado, de prolongar os legados literários herdados do passado e, por outro lado, a ânsia de sugerir ou impor códigos estéticos e ideológicos inovadores.

É ao abrigo desta noção que se justificam — se quisermos recuar até aos anos vinte e atentar também na formulação do discurso ideológico — as polémicas entre o grupo da *Seara Nova* (em que, neste aspecto, pontificou Raul Proença) e os adeptos do Integralismo Lusitano. Discípulos, estes últimos, da *Action Française* e vinculando-se, como os seus mentores, a princípios ideológicos de feição conservadora, monárquica e católica, os integralistas defendiam (sobretudo pela voz de António Sardinha e no seu órgão *Nação Portuguesa*) uma concepção eminentemente elitista do fenómeno literário. Situados nos antípodas ideológicos do Integralismo Lusitano, os precursores do Neo-Realismo e, mais tarde, os seus cultores, não podiam deixar de tender para uma prática literária radicalmente oposta.

Certamente mais importantes do que as referidas foram as relações que o Neo-Realismo sustentou com o movimento da *Presença*. Abordadas em estudos de Fernando Guimarães e Alexandre Pinheiro Torres ([7]), essas relações saldam-se por uma crítica, por parte do Neo-Realismo nascente, a

---

([7]) Respectivamente em *A poesia da Presença e o aparecimento do Neo-Realismo*, Porto, Editorial Inova, 1969 e *O movimento neo-realista em Portugal na sua primeira fase*, Lisboa, Instituto de Cultura Portuguesa, 1977.

algumas das características, tidas como perniciosas, da literatura presencista: abstencionismo sistemático (de certo modo influenciado pelas propostas nesse sentido veiculadas por Julien Benda em *La trahison des clercs* (1927)), esteticismo obsessivo, intimismo de conotações neo-românticas, culto da subjectividade, primado do homem individual em detrimento do homem social, etc.. O que não impediu, diga-se de passagem, que jovens escritores, logo depois ligados ao Neo-Realismo (Fernando Namora, Joaquim Namorado, Mário Dionísio, João José Cochofel) colaborassem nas páginas da *Presença*. É que, para além das divergências apontadas, durante algum tempo a Presença constituira, ainda assim, um exemplo salutar de renovação estética e anti-academismo, exemplo esse de onde saíra alguma poesia marcada por laivos de compromisso social (a de Casais Monteiro) e uma dissidência que levaria, em especial por parte de Miguel Torga, seu inspirador, a uma prática literária que, não se enquadrando embora na rigidez programática neo-realista, tinha também muito que ver com o homem português social e economicamente dimensionado.

Deste modo, das relações de escritores e pensadores (não só estritamente neo-realistas) com os mais destacados vultos da *Presença* brotaram polémicas que abriram caminho à clarificação das características programáticas do Neo-Realismo. Assim aconteceu, por exemplo, com a atitude crítica interpretada por António Sérgio face a uma concepção do fenómeno poético como algo «misterioso» e insusceptível de ser racionalmente entendido; defendida por João Gaspar Simões em *O Mistério da Poesia* (1931), uma tal concepção assentava, por um lado, na informação intuicionista que a leitura de Bergson facultara a alguns presencistas e, por outro lado, na sua já referida feição neo-romântica. Viradas noutro sentido, mas igualmente dotadas de intuitos programáticos, as disputas entre José Régio e o jornal *O Diabo* visavam afinal aquele que era o motivo central da discórdia entre presencistas e neo-realistas: a questão do abstencionismo (claramente perfilhado por Régio desde o ensaio «Literatura viva», no primeiro número de *Presença)* ao qual os neo-realistas contrapunham uma prática literária empenhada.

A referência ao jornal *O Diabo* introduz um segundo factor de definição teórica do Neo-Realismo português: o papel nesse sentido desempenhado por certas publicações em que regularmente se fazia ouvir a voz dos intelectuais neo-realistas. Além d'*O Diabo* (1934-1940) e da também já citada *Seara Nova* (fundada em 1921), são de referir ainda títulos como *Vértice* (cujo primeiro número data de 1942) e os mais efémeros *Sol Nascente* (1937-1940) e *Altitude* (1939); para lá do acolhimento normalmente favorável que, nessas revistas, as secções de crítica de livros (sobretudo na *Vértice* e *Seara Nova*) concederam às obras identificadas com o Neo-Realismo, importa em especial frisar que igualmente nelas se reflectiu teoricamente acerca da estética neo--realista. Tenham-se em conta, a título de exemplo, as «Fichas» publicadas por Mário Dionísio em vários números da *Seara Nova*, e um artigo de Rui Feijó sobre a «Condição do Artista», aparecido na *Vértice* ([8]). Sintomaticamente, neste último, além de insistir na crítica aos excessos do psicologismo, o ensaísta batia-se por uma concepção estética em que a relação forma/conteúdo se nortearia pelos princípios da necessidade e coerência interna; o que era, afinal, uma forma hábil de contestar uma prática literária desmedidamente seduzida pelo primado da forma.

Discurso teórico não menos relevante para a configuração programática do Neo-Realismo foi o que António Ramos de Almeida enunciou numa célebre conferência, significativamente intitulada *A arte e a vida*. Aí se encontra uma formulação da produção literária que, assentando numa visão marxista da criação artística, aponta de modo incisivo para a impossibilidade de separar a arte e a vida; porque condicionado em termos histórico-sociais muito concretos, ao artista não caberia encerrar-se no psicologismo esteticista em que, apesar das suas qualidades inovadoras, caíra o grupo da *Presença*. Mas é importante vincar também (porque esta noção reaparecerá no contexto do nosso estudo) que Ramos de Almeida não obliterava a dimensão estética da obra literária, mesmo quando dominada por anseios de compromisso social:

E os artistas começam a descobrir *a expressão estética da realidade*. Vítimas dos grandes problemas da sua época, com a sua sensibilidade, a sua inteligência e o seu carácter abertos para a dureza da realidade, os artistas novos não podem exprimir jamais as doenças hereditárias do subjectivismo ([9]).

Finalmente, importa registar que a definição de uma teoria literária neo-realista algo ficou a dever também à própria prática da literatura. Não se esqueça que, no domínio da linguagem literária, a teorização nasce sobretudo quando as diversas mensagens permitem que, por abstracção, se atinja uma consciência teórica até então apenas implícita; resultado já claramente expresso de uma determinada concepção do fenómeno literário, essa consciência teórica corresponde, por um lado, ao explicitar de princípios até então

---

([8]) Vol. II, fasc. 6, Coimbra, 1946, pp. 19-25.
([9]) *A arte e a vida*, Porto, Liv. Joaquim Maria da Costa («Cadernos Azuis»), 1941, pp. 56-57; itálico nosso.

apenas latentes e, por outro lado, à constituição de uma norma que, quando rigidamente imposta, conduz as posteriores mensagens à estereotipia e consequente empobrecimento estético.

Com o Neo-Realismo português verificou-se que foi sobretudo através da expressão lírica (curiosamente a sua faceta menos relevante) que certos pressupostos programáticos foram ganhando vulto. Deste modo, não é difícil encontrar, no discurso poético de escritores ligados ao «Novo Cancioneiro», a formulação de um programa estético-social muito claro. Assim acontece, por exemplo, com Mário Dionísio, num texto de *Poemas* (1941), significativamente intitulado «Arte poética»; o mesmo se passa com Joaquim Namorado no «Manifesto» de *Aviso à navegação* (1941), em particular na sua última estrofe:

> Deixa os suspiros profundos
> e parte a guitarra mágica que te deixou D. Juan...
> deixa-me esse ar de sombra de trapista!
> Vem para a rua, para o sol, para a chuva!
> Ama sem literatura, como um homem!
> Deixa dormir os papiros
> na meditação das múmias faraónicas.
> — A vida é a única lição!

E Sidónio Muralha, que no «Novo Cancioneiro» incorporou a colectânea *Passagem de nível* (1942), escrevia na *Vértice*, em 1946 (sintomaticamente na página que antecedia o ensaio de Rui Feijó já aqui citado, «Condição do artista»), uma «Ordem do dia» que era, antes de tudo, um programa de empenhamento estético-social:

> Homens novos temperados pela guerra,
> das fábricas enormes e cinzentas,
> — rasgai poemas na terra
> com as vossas ferramentas.
>
> ....
>
> Vinde das minas, dos fornos, das caldeiras,
> vergados da descarga do carvão.
> Vinde! porque chegou enfim o dia
> de apressar a tarefa inconcluída!
>
> — e a poesia, esta poesia,
> é um facto que vai de mão em mão
> pelos caminhos da vida.

Significativa também, neste domínio, é a reflexão que alguns romancistas neo-realistas inscreveram no corpo das suas obras, sobretudo quando essa reflexão surge amadurecida pelo distanciamento cronológico do tempo da escrita. Assim acontece com Fernando Namora que evoca, em 1961, a sua experiência de jovem médico «numa província desconhecida, entre gentes, modos, labores, que representavam [...] uma dura e maravilhada descoberta» ([10]); dessa experiência nasce uma prática literária responsável, neste caso, pela atitude que dita o aparecimento de *Casa da malta* (1945):

> Ir ao encontro dos simples, e usando da linguagem acessível da simplicidade para os definir, tornou-se um modo de o artista se afirmar como indivíduo, pois esta afirmação só começa quando se participa do que os outros aspiram e sofrem ([11]).

E Alves Redol, num texto de 1965 a propósito de *Gaibéus* (1940), evoca não só as circunstâncias históricas que envolveram a sua gestação, mas também uma certa forma de dimensionar a existência social do fenómeno literário:

> Afigura-se evidente que à literatura não cabe resolver problemas económicos, sociais ou políticos. A afirmação não valeria o trabalho de escrevê-la, se não aquietasse certos pequenos budas. Mas não é de menor evidência que todos eles pertencem ao foro humano e que à literatura se deve consentir que surja sempre como a voz do escritor que a cria ([12]).

Isto, não se esqueça, anteposto a um romance que em epígrafe afirmava não pretender «ficar na literatura como obra de arte», desejando constituir «antes de tudo, um documentário humano fixado no Ribatejo». Que o romance neo-realista (não postergando embora os princípios ideológicos que o norteiam) pode, ainda assim, privilegiar uma elaboração estética sofisticada, é o que veremos com Carlos de Oliveira e, de modo particular, em *Uma abelha na chuva*.

3. Carlos de Oliveira e o discurso neo-realista

Tal como aconteceu com escritores como Fernando Namora e Manuel da Fonseca, a integração de Carlos de Oliveira no programa estético e na prática literária do Neo-Realismo português fez-se não no domínio da ficção, mas por

---

([10]) Prefácio a *Casa da malta*, 8.ª ed., Lisboa, Europa-América, 1971, p. 35.
([11]) *Ibidem*, p. 29.
([12]) «Breve memória para os que têm menos de 40 anos ou para quantos já esqueceram o que aconteceu em 1939», in *Gaibéus*, Lisboa, Europa-América, 1971, p. 17.

meio da poesia lírica. Com o «Novo Cancioneiro», colecção poética surgida em Coimbra em 1941 e 1942 (excepção feita a *A Voz que Escuta* de Políbio Gomes dos Santos publicada postumamente em 1944) aparecia no panorama literário português um grupo de jovens poetas, alguns dos quais até então inéditos, seduzidos em grande parte por um discurso poético de feição social ([13]). Com efeito, se exceptuarmos sobretudo a fugaz poesia de Políbio Gomes dos Santos, dominada por um lirismo de ressonâncias muito íntimas, as composições que integram a maioria dos volumes do «Novo Cancioneiro» privilegiam temas claramente vinculados à linha estética neo-realista. Assim acontece com a temática da terra, visada de modo particular em *Terra* de Fernando Namora, em *Planície* de Manuel da Fonseca e em *Turismo* de Carlos de Oliveira; não decerto uma terra dimensionada em termos de regionalismo meramente folclorista, mas antes como espaço de projecção de conflitos iniludíveis:

>...
> Para quê lutar com a braveza da terra,
> com a indiferença do Céu,
> com tudo, com a morte, com a fome, com a terra,
> com tudo!
> Árida, árida a vida!
> António, é preciso partir!
> António partiu.
> E em casa, tudo ficou sem jeito, desamparado, vazio.
> Ficou a solidão ([14]).

Algo de semelhante encontra-se nos poemas que configuram o tema do quotidiano, nalguns casos devedor da influência de Cesário Verde, como o prova uma epígrafe de *Aviso à navegação* de Joaquim Namorado; neste último, o quotidiano surge motivado pela preocupação polémica de recusar um elitismo temático de informação presencista, de modo algum enquadrado nas preocupações neo-realistas. Noutros poetas, a elaboração poética do tema em questão denuncia fundamentalmente uma existência social dominada pela monotonia e pela banalização do viver colectivo:

([13]) Cf. JOÃO PEDRO DE ANDRADE, *A Poesia da Moderníssima Geração (Génese duma atitude poética)*, Porto, Livraria Latina, 1943; MARIA DE LOURDES BELCHIOR, «Poesia Portuguesa Contemporânea: a Geração de 40», in *Brotéria*, vols. LXXVI e LXXVII, Lisboa, 1963; EDUARDO LOURENÇO, *Sentido e forma da poesia neo-realista*, Lisboa, Editora Ulisseia, 1968.

([14]) FERNANDO NAMORA, *Terra*, in *As frias madrugadas*, 4.ª ed., Lisboa, Europa-América, 1971, p. 168.

É tão vazia a nossa vida,
é tão inútil a nossa vida
que a gente veste de escuro
como se andasse de luto.
Ao menos se alguém morresse
e esse alguém fosse um de nós
e esse um de nós fosse eu...

.... ([15])

A colectividade e as suas formas de existência social reflectida neste poema («Coro dos empregados da Câmara») de Manuel da Fonseca constitui outro dos interesses temáticos fulcrais da poesia do «Novo Cancioneiro». Mais do que qualquer outro, o tema de colectivo deflui directamente de uma informação ideológica de filiação marxista apropriada para perspectivar o homem não na óptica individualista que a *Presença* estimulara, mas em função dos seus condicionamentos sociais, económicos e políticos. São estas directrizes que inspiram, em especial na poesia de Manuel da Fonseca e de Carlos de Oliveira (e mais tarde na ficção narrativa), o tratamento de figuras como o emigrante e o ganhão, o maltês e o ceifeiro; como são essas mesmas directrizes que sugerem a Joaquim Namorado a contundência com que, em «Pequenos pedintes» *(de Aviso à navegação)*, o poeta confere um lugar prioritário aos desprotegidos sociais globalmente encarados.

Inicialmente integrado, como se viu já, no contexto de uma produção poética que, por razões que aqui não podemos dissecar, rapidamente esgotou as propostas inicialmente assumidas, Carlos de Oliveira evoluiu depois para uma posição estética mais depurada; sem renegar a informação ideológica subjacente ao Neo-Realismo, essa depuração acabaria, todavia, por derivar de uma atitude em princípio arredada (pelo menos em teoria) das intenções neo-realistas: a atenção sistemática em relação aos recursos técnico-formais que servem a mensagem literária, atenção essa justamente patenteada de modo exuberante em *Uma abelha na chuva*. Este juízo de conjunto confirma-se inteiramente se tivermos em conta um facto de modo algum despiciendo neste contexto: a preocupação constante com o apuro formal de obras publicadas e depois corrigidas ou profundamente reformuladas. Estão no segundo caso, por exemplo, os romances *Casa na duna* (1943; 1964) e *Pequenos burgueses* (1948; 1952), e no primeiro significativas alterações (que não nos compete

---

([15]) MANUEL DA FONSECA, *Planície,* in *Poemas completos,* 3.ª ed., Lisboa, Portugália, 1969, p. 105.

aqui analisar) das colectâneas de poemas incluídas nos dois volumes de *Trabalho poético* (1976) ([16]); alterações por vezes tão profundas que levaram o autor a afirmar, em nota final, que «os textos assim apurados constituem todo o «Trabalho poético» de então que julga aproveitável: qualquer outro poema que tenha publicado antes ou durante esse período fica portanto definitivamente excluído da sua obra» ([17]).

Se quiséssemos rapidamente passar em revista a produção literária de Carlos de Oliveira, até ao aparecimento de *Uma abelha na chuva* teríamos que notar, em primeiro lugar, um certo equilíbrio entre a criação poética propriamente dita e o domínio da narrativa. Ao contrário de certos neo-realistas para quem a experiência lírica foi muito fugaz (como aconteceu com Manuel da Fonseca) e também de outros praticamente arredados da ficção (é o caso de Joaquim Namorado), com Carlos de Oliveira poesia e narrativa seguiram normalmente a par; não admira, por isso, que um outro paralelo muitas vezes se verifique na sua obra: o dos temas liricamente elaborados e projectados também nos romances.

Com *Turismo* (1942), *Mãe pobre* (1945) e *Colheita perdida* (1948) podemos dizer que Carlos de Oliveira se encontra no cerne da prática literária neo-realista. Disso são prova, em *Turismo,* as evocações de certos espaços geoeconómicos (a Amazónia e sobretudo a Gândara que servirá de cenário à ficção narrativa) colocados ao serviço da temática da terra, enquanto pólo de atracção, como anteriormente vimos, de certa poesia do «Novo Cancioneiro». Mas ao mesmo tempo, vão-se insinuando já, nas composições desta fase, outros temas, de coloração mítico-social uns, de motivação puramente biográfica outros: a infância, a água, a morte, a memória e, com um destaque especial, o tempo:

> O tempo é um velho corvo
> de olhos turvos, cinzentos.
> Bebe a luz destes dias só dum sorvo
> como as corujas o azeite
> dos lampadários bentos.
>
> E nós sorrimos,
> pássaros mortos
> no fundo dum paul
> dormimos.

([16]) Veja-se a este propósito a recensão de EDUARDO PRADO COELHO, in *Colóquio/Letras,* 37, Lisboa, 1977, pp. 78-79.

([17]) CARLOS DE OLIVEIRA, *Trabalho poético,* Lisboa, Sá da Costa, s./d., 1976, I vol., p. 183.

Só lá do alto do poleiro azul
o sol doirado e verde,
o fulvo papagaio
(estou bêbedo de luz,
caio ou não caio?)
nos lembra a dor do tempo que se perde ([18]).

Sintomaticamente a elaboração formal de que é objecto a poesia mais recente de Carlos de Oliveira — e em particular *Sobre o lado esquerdo* (1968), *Micropaisagem* (1968) e *Entre duas memórias* (1971) — beneficia da cada vez mais nítida consciência da imperativa necessidade da palavra poética como instrumento de reflexão acerca da pessoa humana e já não apenas numa óptica neo-realista:

> Os versos
> que te digam
> a pobreza que somos
> o bolor
> nas paredes
> deste quarto deserto
> no frémito do espelho
> e o leito desmanchado
> o peito aberto
> a que chamaste
> amor ([19]).

Por isso mesmo, Eduardo Lourenço, analisando o lugar ocupado por *Cantata* (1960) no contexto da produção poética de Carlos de Oliveira, escreveu que «não se podia achar mais puro cadinho para a transubstanciação da aventura poética neo-realista em aventura lírica sem rótulo nem fronteira» ([20]).

Paralelamente ao discurso lírico, a narrativa do autor de *Uma abelha na chuva* seguiu também um percurso de progressiva depuração temática e formal. Assim, da rudeza dos conflitos sociais protagonizados pelas personagens João Santeiro e Leandro em *Alcateia* (1944), passa-se, com a refundição de *Casa na duna* e *Pequenos burgueses*, a um processo de análise muito mais subtil. Centrada ainda no espaço da Gândara, a acção diegética instala a

---

([18]) *Trabalho poético*, ed. cit., I vol., p. 61.
([19]) *Trabalho poético*, ed. cit., I vol., p. 154.
([20]) *Sentido e forma da poesia neo-realista*, ed. cit., p. 244.

crise e os conflitos representados no seio da burguesia dominante; e, mais do que isso, são introduzidos processos técnico-narrativos aparentemente desinseridos dos intuitos programáticos neo-realistas: o confronto de níveis temporais distintos (sobretudo em *Casa na duna*) e a imposição da subjectividade das personagens veiculada pela sua corrente de consciência (especialmente em *Pequenos burgueses*). Tudo isto a par do gradual incremento de um recurso estético que em *Uma abelha na chuva* reencontraremos exuberantemente documentado: a representação simbólica. ([21])

([21]) Este trabalho encontrava-se já entregue ao editor, quando foi publicado o romance *Finisterra*.

QUADRO SINÓPTICO (1921-1953)

	Hist. lit. de C. de Oliveira	Literatura Portuguesa	Cultura e História de Portugal	Hist. Univ., Cultura e Civiliz.
1921	Nasce Carlos de Oliveira.	Morre Gomes Leal. Almada Negreiros: *A invenção do dia claro*.	Revolta militar em Lisboa. Noite sangrenta (morte de A. Granjo, M. Santos e C. da Maia). Revista *Seara Nova*. Fundação do P.C.P.	Hitler chefe do partido Nazi. Fundação do P. C. chinês. Descoberta de vitaminas. Einstein: Nobel da Física.
1922		Nasce Agustina Bessa Luís. Revista *Contemporânea*. Aquilino Ribeiro: *Estrada de Santiago*.	A. José de Almeida visita o Brasil. G. Coutinho e S. Cabral: travessia aérea do Atlântico sul. Revista *Nação Portuguesa* (2.ª s.).	Mussolini e Estaline no poder. Pio XI papa. Descoberta da insulina. Semana de Arte Moderna (S. Paulo). Morre M. Proust. M. du Gard: *Os Thibault*. J. Joyce: *Ulisses*.
1923		Morre G. Junqueiro. Nascem Eugénio de Andrade, M. Cesariny de Vasconcelos e Urbano T. Rodrigues. Revista *Bysancio*. A. Botto: *Motivos de beleza*. R. Brandão: *Teatro e Pescadores*.	M. Teixeira Gomes é eleito Presidente da República. A. Sérgio: *Bosquejo da História de Portugal*.	Proclamação da República na Turquia. Ditadura de Primo de Rivera em Espanha. Utilização do B.C.G. Freud: *Psicologia colectiva e análise do «eu»*. M. Gorki: *As minhas Universidades*.
1924		Morre Teófilo Braga. Nascem Alexandre O'Neill, Sebastião da Gama, A. Ramos Rosa e Bernardo Santareno. Revistas *Athena* e *Lusitânia*. T. de Pascoaes: *Elegia de amor*.	II Congresso Colonial Nacional. Revista *Lusitânia*. R. Proença: *Guia de Portugal*.	Morre Lénine. Morre A. France. A. Breton: *Manifesto surrealista*. T. Mann: *A montanha mágica*.

Hist. lit. de C. de Oliveira	Literatura Portuguesa	Cultura e História de Portugal	Hist. Univ., Cultura e Civil.
1925	Nasce J. Cardoso Pires. J. Régio: *Poemas de Deus e do Diabo*. T. de Pascoaes: *Sonetos*.	Teixeira Gomes renuncia à presidência: eleição de Bernardino Machado. Insurreição militar em Lisboa. Escândalo do Banco Angola e Metrópole. Rev. *Biblos*.	Hindenburg presidente da Alemanha. Morre Sun-Yat-sen. Eisenstein: *O couraçado Potemkine*. Chaplin: *A quimera do ouro*. Kafka: *O processo*.
1926	Morre C. Pessanha. Nascem A. Abelaira e L. de Sttau Monteiro. A. Ribeiro: *Andam Faunos pelos bosques*. Branquinho da Fonseca: *Poemas*.	Revolta e ditadura de Gomes da Costa: dissolução do Parlamento, extinção da Carbonária e censura à Imprensa.	O imperador Hirohito sobe ao poder no Japão. Morre C. Monet. Fritz Lang: *Metrópolis*. A. Gide: *Os moedeiros falsos*. Electrificação dos primeiros comboios. F. Mauriac: *Thérèse Desqueyroux*.
1927	Nasce David Mourão-Ferreira. Revista *Presença* (J. Régio, B. da Fonseca e J. Gaspar Simões). R. Brandão: *Ilhas desconhecidas*.	Movimento militar contra a ditadura. Dissolução da Confed. Geral do Trabalho. Exílio de A. Sérgio, B. Machado e J. Cortesão. Criação da Liga de Defesa da República (Paris).	Travessia aérea do Atlântico por C. Lindbergh. Cinema sonoro nos E.U.A.. Heidegger: *O ser e o tempo*. J. Benda: *A traição dos intelectuais*. W. Faulkner: *O som e a fúria*.
1928	Nasce António Maria Lisboa. Ferreira de Castro: *Emigrantes*. Adolpho Rocha: *Ansiedade*.	Movimento revolucionário contra a ditadura. Salazar apresenta um orçamento equilibrado. Carmona presidente da República. J. Leite de Vasconcelos: *Opúsculos* (I). Inicia-se a publicação da *História de Portugal*(ed. de Barcelos).	Conferência Pan-Americana. Primeiro plano quinquenal na U.R.S.S.. Cinema de animação nos E.U.A.. B. Brecht: *A ópera dos quatro vinténs*. J. Américo de Almeida: *A bagaceira*. A. Breton: *Nadja*.

Hist. lit. de C. de Oliveira	Literatura Portuguesa	Cultura e História de Portugal	Hist. Univ., Cultura e Civil.
1929	Nasce Fernanda Botelho R. Brandão: *O Avejão*. J. Régio: *Biografia*. A. Casais Monteiro: *Confusão*.	Morre A. José de Almeida. Permissão de entrada no país de ordens religiosas expulsas durante a República.	Início da crise económica. Exílio de Trotsky. Descoberta da penicilina (Fleming). Ortega y Gasset: *A rebelião das massas*. Eisenstein: *A linha geral*. E. Hemingway: *O adeus às armas*.
1930	Morrem R. Brandão e Florbela Espanca. Dissidência da *Presença*. Revistas *Sinal* e *Pensamento*. A. Ribeiro: *O homem que matou o Diabo*. F. de Castro: *A Selva*. A. Rocha: *Rampa*.	Publicação do Acto Colonial. Criação da Universidade Técnica de Lisboa. Censo da população: 6,8 milhões de habitantes.	Derrube de Primo de Rivera (Espanha). Independência do Iraque. Conferência imperial britânica. Primeiros motores a jacto. Rachel de Queiroz: *O quinze*.
1931	R. Brandão: *O pobre de pedir*. Miguel Torga: *A terceira voz*, *Pão ázimo* e *Tributo*. J. Gaspar Simões: *Elói*.	Revolta da Madeira (Sousa Dias). Cinema sonoro em Portugal: *A Severa* de Leitão de Barros.	Segunda República em Espanha. Chaplin: *As luzes da cidade*. W. Faulkner: *Santuário*. J. Amado: *O país do Carnaval*.
1932	A. Ribeiro: *A batalha sem fim*. M. Torga: *Abismo*. B. da Fonseca: *Mar coalhado*. J. Rodrigues Miguéis: *Páscoa feliz*. Polémica A. Sérgio/Gaspar Simões.	Salazar chefe do governo. Morte do ex-rei D. Manuel.	Anexação da Manchúria pelo Japão. Descoberta do neutrão (Chadwick). J. Romains inicia *Os homens de boa vontade*. J. L. do Rego: *Menino de engenho*.

Hist. lit. de C. de Oliveira	Literatura Portuguesa	Cultura e História de Portugal	Hist. Univ., Cultura e Civil.
1933	Revista *Ouro Ritmo*. F. de Castro: *Eternidade*.	Nova Constituição. Estatuto da -Trabalho Nacional. Criação do Secretariado de Propaganda Nacional (futuro S.N.I.). Bento de J. Caraça: *Galileo Galilei*.	Hitler chanceler da Alemanha e Roosevelt presidente dos E. U.A.. Segundo plano quinquenal na U.R.S.S.. A. Malraux: *A condição humana*. J. Amado: *Cacau*. J. L. do Rego: *Doidinho*.
1934	Jornal *O Diabo* e revista *Gleba*. F. Pessoa: *Mensagem*. J. Régio: *Jogo da cabra cega*. A. C. Monteiro: *Poemas do tempo incerto*.	Criação da Associação Escolar Vanguarda (futura M. Portuguesa).	Hitler «fürher» da Alemanha. Início da «Longa marcha» dos comunistas chineses. Congresso dos escritores soviéticos. Morre Mme. Curie. G. Ramos: *S. Bernardo*.
1935	Morre F. Pessoa. T. de Pascoaes: *Painel*. F. de Castro: *Terra fria*. Revista *Gládio*. V. Nemésio: *La voyelle promise*.	Proibição de partidos políticos e associações secretas. Reeleição de Carmona.	Guerra entre a Itália e a Etiópia. Fissão do átomo (Fermi) e experiências com radar. Portinari: *Guerra e paz*. J. Amado: *Jubiabá*.

Hist. lit. de C. de Oliveira	Literatura Portuguesa	Cultura e História de Portugal	Hist. Univ., Cultura e Civil.
1936	Revista *Manifesto*. J. Régio: *As encruzilhadas de Deus*. M. Torga: *O outro livro de Job*. João Falco: *Solidão e Um dia e outro dia*. A. Ribeiro: *Aventura maravilhosa*. J. Paço d'Arcos: *Diário de um emigrante*.	Revolta dos marinheiros. Criação do campo do Tarrafal. Fundação da Legião Portuguesa e da Mocidade Portuguesa. Morre Leonardo Coimbra.	Frente Popular na França. Início da Guerra Civil em Espanha. Aliança Alemanha-Itália. Anexação da Etiópia pela Itália. Independência do Egipto. Jogos Olímpicos de Berlim. Primeiras transmissões regulares de TV (B.B.C.). G. Friedmann: *A crise do progresso*. Gutermann e Lefevbre: *A consciência mistificada*. Chaplin: *Os tempos modernos*. Morre M. Gorki. F. Garcia Lorca: *A casa de Bernarda Alba*. J. Amado: *Mar morto*. G. Ramos: *Angústia*. J. L. do Rego: *Usina*.
1937	Revistas *Sol Poente* e *Revista de Portugal*. M. de Sá-Carneiro: *Indícios de ouro*. A. Ribeiro: S. Banaboião, *anacoreta e mártir*. M. Torga: *A criação do Mundo*.	Morre Afonso Costa. Atentado contra Salazar.	Guerra sino-japonesa. Picasso: *Guernica*. Eisenstein: *Alexandre Nevsky*. J. Renoir: *A grande ilusão*. J. Steinbeck: *Ratos e homens*. J. Amado: *Capitães da areia*.

Hist. lit. de C. de Oliveira	Literatura Portuguesa	Cultura e História de Portugal	Hist. Univ., Cultura e Civil.
1938	M. Torga: *O segundo dia da criação do Mundo.* V. Nemésio: *Bicho harmonioso.* Afonso Ribeiro: *Ilusão na morte.* J. Paço d'Arcos: *Ana Paula.* F. Namora: *Relevos* e *As sete partidas do mundo.* J. José Cochofel: *Instantes.* Polémica J. Régio /A. Ramos de Almeida.	Delfim Santos: *Situação Valorativa do Positivismo.* Fundação do T.E.U.C.	Anexação da Áustria pela Alemanha. Conferência de Munique. G. Bachelard: *A formação do espírito científico.* J.-P. Sartre: *A náusea.* B. Brecht: *Mãe coragem.* G. Ramos: *Vidas secas.* Artaud: *O teatro e o seu duplo.*
1939	Colaboração na revista *Altitude*, n.º 1 («Poema para o Brasil»).	Revista *Altitude*. A. Redol: *Gaibéus.* M. Torga: *O terceiro dia da criação do mundo.* A. Ribeiro: *Mónica.* A. Ramos de Almeida: *Sinfonia de Guerra.* J. de Araújo Correia: *Contos bárbaros.* Polémica J. Régio/Á. Cunhal.	Hernâni Cidade: *Lições de Cultura e Literatura Portuguesas.*	Vitória franquista na Guerra Civil espanhola. Pacto de não-agressão germano-soviético. Invasão da Polónia pelos alemães; 2.ª guerra mundial. Pio XII papa. Morre S. Freud. J. Renoir: *A regra do jogo.* J. Steinbeck: *As vinhas da ira.*
1940		Criação dos *Cadernos de Poesia.* J. Régio: *Jacob e o anjo.* M. Torga: *Bichos.* J. Gaspar Simões: *Pântano.*	Exposição do Mundo Português. Concordata com a Santa Sé. Censo da população: 7,7 milhões de habitantes.	Expansão da Alemanha (países escandinavos, Países-Baixos, Bélgica e França). Armistício franco-alemão. Batalha aérea de Inglaterra. Descoberta do plutónio. Chaplin: *O ditador.* E. Hemingway: *Por quem os sinos dobram.*

Hist. lit. de C. de Oliveira	Literatura Portuguesa	Cultura e História de Portugal	Hist. Univ., Cultura e Civil
1941	Poesia do «Novo Cancioneiro» (F. Namora, M. Dionísio, J. J. Cochofel, J. Namorado, Á. Feijó e M. da Fonseca). A. Redol: *Marés*. S. Pereira Gomes: *Esteiros*. J. Régio: *Fado e Davam grandes passeios ao domingo*. M. Torga: *Montanha e Diário* (1.º vol.). J. de Araújo Correia: *Contos durienses*.	Morrem Raul Proença, J. Leite de Vasconcelos e C. Malheiro Dias. Desembarque de australianos e japoneses em Timor.	Expansão da Alemanha (Jugoslávia, Grécia e U.R.S.S.: cerco de Leninegrado). Ataque a Pearl Harbor: os E.U.A. entram na guerra. Expansão nipónica no Extremo-Oriente. Morrem H. Bergson, J. Joyce e V. Woolf. O. Welles: *O mundo a seus pés*. B. Brecht: *A irresistível ascensão de Arturo Ui*.
1942 Poesia: *Turismo* (na colecção «Novo Cancioneiro»).	Poesia do «Novo Cancioneiro» (C. de Oliveira, S. Muralha e F. José Tenreiro). Começam a publicar-se as *Obras completas de F. Pessoa*. A. Redol: *Avieiros*. M. da Fonseca: *Aldeia Nova*. Miguel Torga: *Rua*. Leão Penedo: *Multidão*. J. Régio: *O príncipe com orelhas de burro*. Irene Lisboa: *Esta cidade!* E. de Andrade: *Adolescente*. J. de Sena: *Perseguição*. Revista *Vértice*.	Assinatura do Pacto Ibérico. Manuel de Oliveira: *Aniki-Bobó*.	Desembarque dos Aliados no Norte de África. Batalhas navais no Pacífico. Eisenstein: *Ivan o terrível* (1.ª parte). A. Camus: *O estrangeiro*. J. Amado: *Terras do sem fim*.

Hist. lit. de C. de Oliveira	Literatura Portuguesa	Cultura e História de Portugal	Hist. Univ., Cultura e Civil.
1943 Romance: *Casa na duna* (refundido em 1964).	Nasce Almeida Faria. A. Redol: *Fanga*. F. Namora: *Fogo na noite escura*. M. da Fonseca: *Cerromaior*. Leão Penedo: *Caminhada*. A. Ribeiro: *Aldeia*. M. Torga: *Lamentação e O senhor Ventura*. V. Ferreira: *O caminho fica longe*. Domingos Monteiro: *Enfermaria, Prisão e Casa Mortuária*.	Cedência de bases militares nos Açores aos Aliados. Damião Peres: *História dos Descobrimentos*.	Vitória soviética em Estalinegrado: recuo dos alemães na U.R.S.S.. Desembarque dos aliados na Itália. Demissão de Mussolini e capitulação da Itália. J.-P. Sartre: *O ser e o nada*. L. Hjelmslev: *Prolegómenos a uma teoria da linguagem*.
1944 Romance: *Alcateia*. Segunda edição de *Casa na duna*.	Morre Eugénio de Castro. V. Ferreira: *Onde tudo foi morrendo*. Afonso Ribeiro: *Trampolim*. Mário Braga: *Nevoeiro*. Aquilino Ribeiro: *Volfrâmio*. M. Torga: *Libertação e Novos contos da Montanha*. J. Paço d'Arcos: *O caminho da culpa*. Sophia de Mello Breyner: *Poesia*.		Desembarque dos Aliados na Normandia: libertação da França e Europa Ocidental. Libertação da Rússia e Ucrânia. Ofensivas americanas no Extremo-Oriente e Pacífico. Primeira máquina de calcular electrónica. Eisenstein: *Ivan o terrível* (2.ª parte).

	Hist. lit. de C. de Oliveira	Literatura Portuguesa	Cultura e História de Portugal	Hist. Univ., Cultura e Civil.
1945	Poesia: *Mãe pobre*. Segunda edição de *Alcateia* (não voltou a ser reeditado). Colaboração na *Seara Nova*, n.º 925 (poemas posteriormente alterados e incluídos em *Colheita perdida*) e n.º 950 («Trecho dum romance inédito» (*Pequenos burgueses*)); colaboração na *Vértice*, I, 4-7 (poemas de *Mãe pobre*) e 12-16 («A sombra de Jeeter Lester»).	A. Redol: *Anúncio*. F. Namora: *Casa da malta*. Faure da Rosa: *Fuga*. M. Torga: *Vindima*. J. Régio: *Mas Deus é grande* e *Gota de sangue*. E. de Andrade: *Pureza*. Sebastião da Gama: *Serra-Mãe*.	Substituição da P.V.D.E. pela P.I.D.E.. Criação do M.U.D. Rodrigues Lapa: *Estilística da Língua Portuguesa*.	Conferência de Yalta. Libertação da Itália e execução de Mussolini. Ofensiva contra a Alemanha e morte de Hitler. Capitulação da Alemanha. Bombas atómicas sobre Hiroshima e Nagasaki: capitulação do Japão. Criação da O.N.U.. R. Rosselini: *Roma, cidade aberta*. M. Merleau-Ponty: *Fenomenologia da percepção*. Morre P. Valéry. J. Prévert: *Paroles*.
1946	Colaboração na *Seara Nova*, n.º 1000-7 («Páginas de romance» (*Pequenos burgueses*)) e *Vértice*, III, 40-42 (trad. de «Liberté» de P. Eluard).	A. Redol: *Porto manso*. F. Namora: *Minas de S. Francisco*. V. Ferreira: *Vagão J.* Afonso Ribeiro: *Escada de serviço*. J. Régio: *Histórias de mulheres*. M. Torga: *Odes*. J. G. Simões: *Internato*. J. R. Miguéis: *Onde a noite se acaba*. J. de Sena: *Coroa da Terra*.	Revolta da Mealhada. Fundação do Laboratório Nacional de Engenharia Civil. Morre Abel Salazar.	República italiana. Guerra civil na Grécia. Independência das Filipinas. Peron presidente da Argentina. J.-P. Sartre: *O existencialismo é um humanismo*. S. Dali: *A tentação de Sto. António*. A. Camus: *A peste*. J. Amado: *Seara vermelha*.

31

	Hist. lit. de C. de Oliveira	Literatura Portuguesa	Cultura e História de Portugal	Hist. Univ., Cultura e Civil.
1947	Colaboração poética na *Vértice*. III, 44 (Poemas de *Mãe Pobre* e *Colheita perdida*) e na *Vértice*, IV, 52 («Crepúsculo»).	Morre A. Lopes Vieira. F. de Castro: *A lã e a neve*. Afonso Ribeiro: *Povo*. Aquilino Ribeiro: *O Arcanjo negro*. J. Régio: *Benilde ou a virgem-mãe*. Tomás de Figueiredo: *A toca do lobo*. Sophia de M. Breyner: *Dia do Mar*. S. da Gama: *Cabo da Boa Esperança*. Formação do Grupo Surrealista.	J. de Carvalho: *Estudos sobre a Cultura Portuguesa do Séc. XVI*. Morre o Abade de Baçal.	Plano Marshall. Independência da Índia e do Paquistão. Guerra israelo-árabe. Brecht regressa a Berlim e funda o «Berliner Ensemble».
1948	Poesia: *Colheita perdida*. Romance: *Pequenos burgueses* (refundido em 1952). Colaboração poética na *Seara Nova*, n.º 1083 (poemas de *Colheita perdida*).	Aquilino Ribeiro: *Cinco réis de gente*. Miguel Torga: *Nihil sibi*. Mário Braga: *Serranos*. J. Gomes Ferreira: *Poesia*. E. de Andrade: *As mãos e os frutos* e *Os amantes sem dinheiro*. A. Bessa Luís: *Mundo fechado*.	Morre Bento de Jesus Caraça. Construção da cidade universitária de Coimbra. Delfim Santos: *Fundamentação existencial da Pedagogia*.	Bloqueio de Berlim. Golpe de Estado comunista na Checoslováquia. Criação do Estado de Israel. Conflito Jugoslávia-U.R.S.S.. Assassinato de Gandhi. Jogos Olímpicos de Londres. Morre David Griffith. V. de Sica: *Ladrões de bicicletas*.
1949	Poesia: *Descida aos Infernos*. Colaboração poética na *Vértice*, VIII, 74.	Morre Soeiro P. Gomes. A. Redol: *Horizonte cerrado*. F. Namora: *Retalhos da vida dum médico*(I). J. Régio: *El-Rei Sebastião*. V. Ferreira: *Mudança*. A. Casais Monteiro: *Adolescentes*. J. Cardoso Pires: *Os Caminheiros*.	Portugal torna-se membro da N.A.T.O.. Candidatura de Norton de Matos e reeleição de Carmona. Atribuição do Prémio Nobel da Medicina a Egas Moniz.	Criação da N.A.T.O.. Cisão da Alemanha (R.F.A. e R.D.A.). Proclamação da República Popular da China. Criação do Comecon.

Hist. lit. de C. de Oliveira	Literatura Portuguesa	Cultura e História de Portugal	Hist. Univ., Cultura e Civil.
1950 Poesia: *Terra de harmonia* (inclui *Descida aos Infernos*).	Revista *Távola Redonda*. M. Torga: *Cântico do homem*. F. Namora: *A noite e a madrugada*. S. P. Gomes: *Refúgio perdido*. J. G. Ferreira: *Poesia II*. E. de Andrade: *Os amantes sem dinheiro*. J. de Sena: *Pedra filosofal*. Sophia de M. Breyner: *Coral*. M. Cesariny: *Corpo visível*. S. da Gama: *Campo aberto*. A. Bessa Luís: *Os Super-Homens*.	Início dos movimentos pela independência das Colónias. Censo da população: 8,4 milhões de habitantes.	Início da Guerra da Coreia. Televisão a cores nos E.U.A. V. de Sica: *O milagre de Milão*. Ionesco: *A cantora careca*.
1951	Revista *Árvore*. A. Redol: *Os homens e as sombras*. S. P. Gomes: *Engrenagem e Contos vermelhos*. M. Torga: *Pedras lavradas*. E. de Andrade: *As palavras interditas*. J. de Sena: *O indesejado*. A. Bessa Luís: *Contos impopulares*. F. Botelho: *As coordenadas líricas*.	Candidaturas de Quintão Meireles e Rui Luís Gomes. Eleição de Craveiro Lopes. Alterações ao Acto Colonial.	Criação da Comunidade Económica do Carvão e do Aço. Independência da Líbia. Aliança nipo-americana. Jogos Olímpicos de Helsínquia. Morre A. Gide. B. Brecht: *A mãe*.

	Hist. lit. de C. de Oliveira	Literatura Portuguesa	Cultura e História de Portugal	Hist. Univ., Cultura e Civil.
1952	Segunda edição de *Pequenos burgueses*.	Morrem T. de Pascoaes e S. da Gama. M. Torga: *Alguns poemas ibéricos*. J. Cardoso Pires: *Histórias de amor*. Tomás de Figueiredo: *Uma noite na toca do lobo*. Faure da Rosa: *Retrato de família*. M. Cesariny: *Discurso sobre a reabilitação do real quotidiano*. A. Maria Lisboa: *Ossóptico*.	Revista *O Instituto*.	Primeiro plano quinquenal chinês. Derrube da monarquia egípcia. Deflagração da primeira bomba H. Ingmar Bergman: *Mónica e o desejo*. B. Brecht: *As espingardas da mãe Carrar*. Teatro colectivo («hapenning») nos E.U.A.. Lukács: *Balzac e o realismo francês*. R. Barthes: *O grau zero da escrita*.
1953	Romance: *Uma abelha na chuva*.	A. Redol: *Vindima de sangue*. M. da Fonseca: *O fogo e as cinzas*. J. Régio: *A salvação do Mundo* e *Os avisos do destino*.	Primeiro Plano de Fomento. Construção da cidade universitária de Lisboa. Criação da Faculdade de Economia do Porto.	Morre Estaline. Eisenhower presidente dos E.U.A.. Fim da Guerra da Coreia. Primeira escalada do Everest. Morre G. Ramos. Beckett: *En attendant Godot*.

1. SEMIÓTICA DO DISCURSO

A análise semiótica de *Uma abelha na chuva* assenta necessariamente em determinadas opções teóricas e metodológicas que importa clarificar de modo sintético.

Uma dessas opções (a fundamental) é a que privilegia o discurso narrativo propriamente dito, na condição de significante da história. É conhecida e já hoje unanimemente aceite a distinção (que é também uma correlação) formulada por Todorov a partir dos formalistas russos: numa narrativa manifesta-se, por um lado, a **história,** isto é, «une certaine réalité, des événements qui se seraient passés, des personnages qui, de ce point de vue, se confondent avec ceux de la vie réelle»; por outro lado e em correlação com aquela, o **discurso:** «à ce niveau, ce ne sont pas les événements rapportés qui comptent mais la façon dont le narrateur nous les a fait connaître» ([1]).

Deste modo, se em *Uma abelha na chuva* a história é constituída pelas relações conflituosas entre Álvaro Silvestre e D. Maria dos Prazeres (relações que se complicam em função da participação de outras personagens — António, Jacinto, Mariana, etc. — e das motivações socioeconómicas que a todos condicionam), o discurso define-se em termos distintos. Nomeadamente relacionando-o, antes de mais, com uma problemática linguística de acordo com a qual o discurso de *Uma abelha na chuva* será o grande sintagma que se inicia na primeira página do romance e termina na última; a produção desse sintagma deflui de regras específicas (paralinguísticas, por assim dizer) das quais dependem as características particulares do discurso de *Uma abelha na chuva.* Para definirmos, na obra em questão, quais dessas regras nos interessam, importa que reflictamos sobre dois domínios que ao discurso narrativo (ou enunciado) dizem respeito directamente: o da **comunicação narrativa** e o das relações entre **códigos** e **mensagem.**

([1]) TZVETAN TODOROV, «Les catégories du récit littéraire», in *Communications,* 8, Paris, 1966, p. 126.

1.1. Comunicação narrativa

O longo sintagma narrativo que o discurso de *Uma abelha na chuva* constitui decorre de uma instância de produção (a **narração** ([2])) em que participam entidades específicas:

Nos elementos esquematizados, em que se reconhece a transposição, em termos de comunicação narrativa, dos factores da comunicação concebidos por Jakobson ([3]), reconhece-se também a ausência de dois elementos: o **contacto** (irrelevante neste caso, embora necessário) e o **código** de que nos ocuparemos no parágrafo seguinte.

Por agora, interessa sobretudo definir o âmbito e as funções que cabem ao narrador como responsável primeiro pelo processo de comunicação narrativa. Distinto do autor (ou seja, da entidade real, perecível e histórica que é o escritor Carlos de Oliveira), ao narrador compete organizar, em termos discursivos, a história. Para isso — e reclamando-se sistematicamente do seu estatuto de sujeito da enunciação — o narrador opera com os elementos que possibilitam essa organização: tempo, perspectiva narrativa, circunstâncias da narração, relação com o narratário, etc.. Assim se constitui um eixo sintagmático (o do discurso narrativo) originado pela actualização de regras combinatórias localizadas num outro eixo de configuração vertical, ou seja, o eixo paradigmático ([4]).

Desta elaboração resultam muitas vezes vestígios que, projectando-se no enunciado, assumem a feição daquilo a que se pode chamar a **subjectividade**

([2]) A problemática da narração encontra-se rigorosamente dissecada em GÉRARD GENETTE, *Figures III*. Paris, Seuil, 1972, pp. 225 ss..

([3]) Cf. *Essais de linguistique générale*. Paris, Éditions de Minuit, 1970, pp. 213 ss..

([4]) Para um sintético esclarecimento das noções de eixo sintagmático e paradigmático veja-se J. DUBOIS *et alii*, *Dictionnaire de linguistique*. Paris, Larousse, 1973, respectivamente pp. 477-480 e 353-354.

do narrador, isto é, o correspondente narrativo da **função emotiva** concebida por Jakobson. Essa subjectividade compreende, todavia, cambiantes particulares que o cunho genérico da designação oculta e que importa pôr a nu. Deste modo, verifica-se que a presença do narrador no enunciado pode revestir, como veremos em *Uma abelha na chuva*, variadas metamorfoses. Da intervenção directa e especulativa, claramente denunciada pelo **discurso pessoal** ([5]), à subtil insinuação de uma determinada posição afectiva a propósito de personagens ou factos, passando pela formulação de juízos de valor, os vestígios da subjectividade do narrador quase nunca conseguem desvanecer-se por completo; assim, adjectivos e advérbios valorativos, metáforas, comparações e demais figuras de retórica, conotações e expressões de carácter sentencioso constituem a gama de recursos de feição estilística colocados ao serviço da veiculação de uma certa subjectividade. Susceptíveis de serem relacionados com a perspectiva narrativa, esses recursos ajudam sobretudo a delinear a configuração ideológica da entidade (narrador ou personagem, quando impera o ponto de vista desta) cuja subjectividade se encontra projectada no enunciado.

Mas a expressão da subjectividade não é inócua: ela atinge, de modo mais ou menos directo, a entidade correlata do sujeito da enunciação, isto é, o **narratário**. Insusceptível de ser confundido com o leitor — este é, tal como o autor, uma figura historicamente situada e sobretudo (no caso do leitor real) multitudinária ([6]) — o narratário afirma-se como termo correlato do narrador, sem o qual o processo de comunicação narrativa não pode consumar-se. Dependendo directamente do narrador (o romance epistolar é o exemplo mais flagrante), o narratário é atingido pela carga de informação narrativa facultada pelo discurso. Assim, os vestígios da subjectividade do narrador podem ser inspirados também por uma certa imagem do narratário que aquele constituiu e que pretende nuns casos acentuar, noutros transformar. Sobretudo em romances como *Uma abelha na chuva*, dotado, como se sabe de uma carga ideológica considerável, esta questão é particularmente importante; é que através da sua subjectividade, o narrador vai subtilmente exercendo uma função conativa sobre o destinatário imediato que suscita a sua narração. Função conativa cuja

---

([5]) Os diversos *registos do discurso* propostos por TODOROV (cf. *Poétique*, Paris, Seuil, 1973, pp. 39-48) constituem uma referência teórica indispensável para analisar a subjectividade do narrador.

([6]) Vejam-se as distinções operadas por GERALD PRINCE em «Introduction à l'étude du narrataire», in *Poétique*, 14, Paris, 1973.

eficácia passa também, como a seguir se verá, pelo conhecimento, por parte do narratário, dos códigos que estruturam a mensagem narrativa. Sem esse conhecimento, a informação não se transmite e a comunicação fica obviamente bloqueada por um **ruído** ([7]) insuperável.

1.2. Códigos e mensagem

Quando esquematizámos os factores implicados na comunicação narrativa, deliberadamente deixámos de lado o **código,** cuja importância se acentua neste contexto.

Com efeito, toda a leitura semiótica do discurso literário não pode ignorar que o texto sujeito a análise resulta de uma certa produtividade: a de um conjunto de códigos mais ou menos habilmente conjugados. A esse tipo de leitura competirá, por conseguinte, um percurso específico que, partindo dos afloramentos textuais dos códigos instaurados, chega à sua descrição e processo de funcionamento ([8]).

A primeira destas operações (a descrição dos códigos) não pode ignorar, como é fácil de ver, os princípios teóricos por que se rege a existência de qualquer código literário. Assim (e para lá do seu reconhecimento como entidade disciplinadora da produção de mensagens, isto é, dotada do poder de codificação) importará em particular reconhecer que as funções comunicativas que os códigos literários cumprem se apoiam fundamentalmente nos **signos estéticos** que os integram.

Dotado, tal como o linguístico ([9]), de dimensões sintácticas, semânticas e pragmáticas, o **signo estético** utiliza-as, todavia, de acordo com o particular

---

([7]) Em teoria da comunicação entende-se por *ruído* qualquer tipo de perturbação que impeça a transmissão da mensagem (cf. JEANNE MARTINET, *La sémiologie,* Paris, Seghers, 1975, p. 32.

([8]) Os instrumentos e etapas exigidas por este percurso de leitura encontram-se sumariamente descritos no nosso *Técnicas de análise textual,* 2.ª ed., Coimbra, Almedina, 1978, pp. 347 ss. e 418 ss..

([9]) Do conjunto da vastíssima bibliografia que ajustou ou reformulou sobretudo as teorias de Saussure e as de Peirce acerca do signo destacamos três títulos: J. G. HERCULANO DE CARVALHO, *Teoria da linguagem,* Coimbra, Atlântida, 1967, pp. 151 ss.; HERBERT E. BREKLE, *Sémantique,* Paris, Armand Colin, 1974, pp. 19 ss. e 35 ss.; UMBERTO ECO, *Signo,* Barcelona, Editorial Labor, 1976, *passim.*

processo de semiose ao serviço do qual se encontra; o que quer dizer que a leitura semiótica não opera, nas análises que pratica, uma simples extrapolação conceitual, mas uma incorporação, no domínio de uma linguagem particular (a literária), de princípios teóricos actualizados na prática. Deste modo, confirmar-se-á, no âmbito de análise de *Uma abelha na chuva* que, por exemplo, um signo como a analepse só é concebível como tal por interpretar as três funções referidas: a **pragmática,** ao instituir a comunicação narrador--narratário; a **semântica,** por ser dotado de um certo significado (relacionado, como é óbvio, com a temática do tempo; a **sintáctica,** por ser susceptível de conexão com outros signos localizados igualmente ao nível do eixo sintagmático, como seja, por exemplo, a utilização das focalizações ou a orquestração dos temas.

Mas há que não esquecer (e com isto transitamos para uma referência ao processo de funcionamento dos códigos e signos neles integrados) que o grau de impositividade dos códigos literários não se pode comparar com o que é próprio de outras linguagens dominadas pelo factor codificação. Com efeito, a produção literária situa-se num espaço demarcado por dois limites: num extremo, a **inovação** radical que, surgindo normalmente nos momentos (como o Modernismo) de brusca transformação literária, é susceptível de bloquear a comunicação por propor códigos estéticos em absoluto desconhecidos pelo receptores; no extremo oposto, o **estereótipo** que, em épocas de saturação literária, como aconteceu, por exemplo, no Ultra-Romantismo, é provocado por um recurso constante aos mesmos códigos e signos: o que leva à redundância e consequente empobrecimento qualitativo da informação estética facultada.

Para além disso — e talvez mais relevante para a análise de *Uma abelha na chuva* — importará perscrutar um outro aspecto da produtividade dos códigos literários: o seu funcionamento combinado. O que deixa perceber que a pluralidade de códigos que estruturam um texto não admite um tratamento de cada uma das unidades em questão na condição de elemento isolado. Com efeito, procuraremos evidenciar no romance de Carlos de Oliveira como a existência e operacionalidade de um código determinado não pode ser interpretada à margem dos restantes. Que códigos são esses e sobretudo que domínios servem é o que a seguir veremos.

1.3. Domínios semióticos

Que o código linguístico se manifesta um domínio essencial no contexto de qualquer prática literária, é um facto que dispensa demonstração: o próprio suporte verbal em que se apoia a expressão literária é suficiente para o comprovar de modo incontestável. Mas é um facto também que a utilização do código linguístico pela linguagem literária não obedece forçosamente às regras inerentes ao seu emprego não-literário. Do desconhecimento desta noção decorrem, não raro, apreciações descabidas do nível de expressão linguística de certos textos; deste modo, aferindo-se o nível em questão pelas normas estritas da gramática, esquecem-se duas noções fundamentais: a de que a linguagem literária é essencialmente inovadora, como linguagem estética que é, e a de que, em certas circunstâncias estilísticas (como é o caso dos níveis de língua), necessariamente se tende para um desrespeito dos princípios ortodoxos que norteiam determinado código linguístico.

No caso de *Uma abelha na chuva*, o código linguístico não nos interessará senão como suporte reconhecidamente indispensável (como, de resto, em qualquer outra obra literária) para a expressão de outros códigos de estrita ou parcial vinculação literária. Assim, no contexto destes últimos, distinguiremos aqui dois tipos de códigos: os **técnico-narrativos** e os **paraliterários**.

Os primeiros são os que estruturam o texto em análise como mensagem de cunho narrativo. Constituindo o objecto de uma disciplina específica (a narratologia), os códigos técnico-narrativos têm beneficiado das conquistas e esclarecimentos teóricos por ela fomentados: dos já remotos (mas ainda sugestivos) depoimentos dos formalistas russos, até autores como Todorov e Genette, passando pelo contributo paralelo a esta matéria facultado pela linguística, foi possível chegar a um conjunto de noções teóricas relativamente rigorosas. São essas noções teóricas que, quando elaboradas numa óptica semiótica, permitem definir determinados códigos técnico-narrativos assim como os signos que os integram.

Ora no âmbito de *Uma abelha na chuva*, não pode ser ignorado — e qualquer leitura o atesta — o relevo de que se revestem os problemas relacionados com o tratamento do tempo ([10]) e da perspectiva narrativa, questões

---

([10]) Justamente esta questão foi por nós abordada num curto ensaio: *O tempo em dois romances de Carlos de Oliveira*, separ. de *Biblos*, LI, Coimbra, 1975.

dotadas, aliás, de importância considerável na restante produção narrativa de Carlos de Oliveira. Por isso mesmo, a análise do **código temporal** e do **código representativo** ocupará a nossa atenção, tendo em conta a descrição dos signos que os integram, as suas relações recíprocas, as consequências semânticas que decorrem da sua utilização, etc.; de certo modo completando esta análise, a abordagem da **acção** e da sua problemática específica (economia e desenvolvimento) surgirá como âmbito em cujo contexto os dois códigos mencionados espelham a sua eficácia semiótica e inerentes potencialidades semânticas.

Num outro domínio (necessariamente relacionado com o que acabamos de referir) situam-se os códigos a que chamámos **paraliterários;** neste campo integram-se aqueles elementos que, não sendo exclusivos da linguagem literária, nela participam de forma relevante: assim acontece, nomeadamente, com os temas e com as ideias que numa obra literária se insinuam de forma mais ou menos disfarçada. Mas também neste caso estaremos perante componentes que (sendo caracterizados por uma vinculação semântica que desde logo os relaciona com os sentidos fundamentais da obra) deverão ser dimensionados em termos semióticos. Deste modo, a análise do **código temático** e do **código ideológico,** assim como a da sua combinação com os técnico-narrativos permitirá valorizar os temas e as ideias nucleares de *Uma abelha na chuva*, não como elementos isolados, mas antes como signos dotados de organização sistemática e da capacidade de, em correlação com os restantes, participarem num processo específico de semiose estética.

Finalmente (e ainda no âmbito dos códigos paraliterários) caberá fazer uma referência relativamente pormenorizada à utilização dos **símbolos.** De facto, em *Uma abelha na chuva,* a representação simbólica merece um destaque que o título da obra desde logo sugere; por isso (e para além da questão de se saber até que ponto o símbolo é uma entidade estética susceptível de codificação) a questão nuclear a resolver prende-se à própria avaliação da evolução do Neo-Realismo português. E isto porque a representação simbólica, pela peculiaridade de que se reveste, pode não se ajustar, como em local devido se verá, aos desígnios mais ortodoxos de um movimento literário que se pretendia inequivocamente interventor. Daí a necessidade de uma **reflexão àcerca das consequências estético-ideológicas** que o recurso a símbolos em *Uma abelha na chuva* permite extrair.

2. CÓDIGO TEMPORAL

2.1. Signos

As circunstâncias em que se acciona a produtividade do código temporal e as consequências semânticas que essa produtividade permite extrair obrigam a atentar de modo particular nos **signos** deste domínio que, em *Uma abelha na chuva*, surgem dotados de particular relevo. Por outro lado, a percepção clara do modo de manifestação (isto é, da dimensão significante) dos referidos signos será condição necessária para uma rigorosa descrição e interpretação do código temporal.

Diga-se desde já que aquele que julgamos ser o mais importante signo do código temporal em *Uma abelha na chuva* se situa no domínio da **ordem**, ou seja, no da elaboração específica do tempo da história ao nível do enunciado, no que respeita à reordenação discursiva dos eventos da diegese. Com efeito, qualquer leitura atenta do romance em análise detecta facilmente não só uma utilização muito insistente da analepse, mas também (o que não é menos importante), determinados significados por ela expressos.

Antes de ilustrarmos os aspectos já enunciados, recordemos rapidamente as circunstâncias fundamentais em que se processa a «évocation après coup d'un événement antérieur au point de l'histoire où l'on se trouve» ([1]). Em *Uma abelha na chuva*, o recurso à **analepse** encontra-se normalmente ligado a dois tipos de situações que, no entanto, não podem deixar de ser relacionadas. A primeira dessas situações é a que reflecte a vivência de determinados conflitos (cujas motivações não importa, por agora, procurar) por parte das perso-

---

([1]) G. GENETTE, *Figures III*, Paris, Seuil, 1972, p. 82.

43

nagens: D. Maria dos Prazeres em conflito com Álvaro Silvestre (pp. 20-24 e 26-30) (²) ou dominada pela frustração social e económica, no momento em que recorda o seu passado de aristocrata:

> Perdem-se os outros a falar da humidade, do vento, chuvas arrastadas do norte: muito bem, e a minha cama de Alva?; as rendas minuciosas, o cristal, a prata, irrecuperáveis como o raio do sol filtrado pelo jardim sobre a dobra do lençol: são horas, Maria dos Prazeres; os cavalos suados por entre as árvores em flor: quem me dera que tudo isto durasse para sempre, minha filha; festas de aniversário, setenta convidados sob o lustre estelar, o pai com a taça de champanhe na mão; as gravuras de caça ainda mais minuciosas do que as rendas, as louças frágeis como a espuma; e o calor do quarto; tudo tão distante, que a ideia de trocar a mobília não passava dum devaneio, sem nenhuma esperança de voltar atrás: porque não se pode, evidentemente (p. 80).

Neste e noutros casos, a situação de conflito como que se dilui numa nostalgia que, levando as personagens a refugiarem-se num passado mais ou menos longínquo, quase oblitera um presente confrangedor; assim encontramos Álvaro Silvestre, no início do capítulo XVII, a vaguear pela sua propriedade: «e olhando aqueles sítios conhecidos agasalhou-se na memória das manhãs infantis passadas por ali» (p. 97).

Uma segunda circunstância em que se desencadeia a analepse tem que ver com a sensação de isolamento em que sobretudo os protagonistas se encontram. Como é evidente, este tipo de movimentos analépticos não pode dissociar-se do anteriormente citado: com efeito, isoladas (em termos afectivos e sociais, entenda-se) encontram-se as personagens quando encaram o passado recordado como espaço de refúgio. Mas isolado igualmente — sem que isso, entretanto, conduza à tal nostalgia reconfortante — encontra-se Álvaro Silvestre quando, no início do capítulo VIII (pp. 41-43), se embrenha em recordações que mais ainda cavam o abismo que o separa dos que o rodeiam.

Tendo em conta as situações apontadas, notar-se-á que a analepse se encontra normalmente ligada às duas personagens centrais que são Álvaro Silvestre e D. Maria dos Prazeres; sem prejuízo do posterior desenvolvimento desta questão, julgamos oportuno chamar a atenção, desde já, para o que se verificará ser uma concretização das relações combinatórias entre os diversos códigos e os signos que os integram.

(²) Todas as citações de *Uma abelha na chuva* referem-se ao texto da 11.ª edição (Lisboa, Liv. Sá da Costa Editora, 1977).

Não menos importante do que evidenciar as circunstâncias em que a analepse se instaura, é apreender os significados que a sua utilização insinua; todavia, antes disso, importa descrever rapidamente o modo de **manifestação** do signo em questão. Como facilmente se percebe, não é propriamente a utilização de um tempo verbal do passado que basta para denunciar uma analepse; e isto porque, sendo *Uma abelha na chuva* uma narrativa de enunciação normalmente ulterior, os tempos do passado são os que melhor se ajustam (como acontece na esmagadora maioria das narrativas) à constituição do discurso. Isso não impede, no entanto, que, em circunstâncias muito particulares, o pretérito perfeito manifeste uma analepse, ou seja, um passado dentro do passado:

> Vendeu, mas passados tempos, faz hoje precisamente quinze dias, chegavam ao Montouro notícias do vagabundo [...] (p. 27).

Neste caso, porém, o tempo verbal do passado contrasta com um presente («faz hoje...») ligado a uma narração praticamente simultânea: a da personagem que interiormente evoca factos anteriores ao presente da história.

Mais explícitas do que a citada são as manifestações da analepse em que se alude ao acto de evocar o tempo passado:

> Conseguia recordar ainda com uma agudeza incrível a onda de sentimentos contraditórios que a arrastara vagarosamente ao altar [...] (p. 23).

> Recordava-as agora, não sabia porquê, poisando o cálice vazio na mesinha holandesa [...] (p. 43).

De natureza idêntica aos processos de evidenciar a analepse que acabamos de mencionar, são as referências temporais que visam directamente um tempo anterior ao presente da história:

> Primeiro, a fonte brotou tenuemente, muito ao longe, na infância [...] (p. 20).

> Apesar disso a viagem continuou, agora e no passado [...] (p. 22).

> Tudo tão distante, que a ideia de trocar a mobília não passava de um devaneio, sem nenhuma esperança de voltar atrás: porque não se pode, evidentemente (p. 80).

Finalmente, aquele que julgamos ser o modo mais sugestivo de evidenciar a analepse: a alusão figurada à vigência das recordações, conjugada, por vezes, com os processos manifestativos que acima foram referidos. Assim

45

acontece quando, na passagem anteriormente citada, se diz que «a fonte das evocações brotou tenuemente; [...] e agora é cachoante, escura, desesperada» (p. 20); do mesmo modo quando, ao abrir o capítulo V, se diz que «a água da memória lá recomeçou a correr» (p. 25); finalmente quando, «olhando aqueles sítios conhecidos Álvaro Silvestre agasalhou-se na memória das manhãs infantis passadas por ali» (p. 97).

A importância particular que atribuímos a esta última configuração assumida pelo significante de um signo literário como a analepse não advém só da evidente carga de literariedade nele investido; essa importância relaciona-se também com os **significados** que a analepse expressa e que subtilmente se insinuam já nos últimos exemplos citados.

Com efeito, não deixa de ser sintomático que a imagem da água seja utilizada precisamente para representar o fluir do tempo recordado no presente da história. Esse acto de recordar (assim como as circunstâncias que o motivam) desde logo sugere um significado muito claro: o saudosismo, a cristalização da atenção das personagens nos valores do passado. Mas esse saudosismo — traduzindo-se, afinal numa forma de alienação vivida pelas personagens — torna-se mais dramático justamente porque o tempo que é objecto da sua atenção é representado dessa forma dinâmica; ou seja: por meio de uma imagem, a da água corrente, que, simbolizando o fluir do tempo, remete para a sua irreversibilidade. O que, em última análise, leva a pensar que os significados de saudosismo e alienação expressos pela analepse poderão ser relacionados com os **temas** fundamentais e com o **sistema ideológico** subjacentes ao código temporal.

Ao sistema ideológico remeterá igualmente um segundo signo temporal importante (a **cena dialogada**) cuja activação sugere significados afins dos que pela analepse são expressos. E tal como o primeiro abordado, também este signo temporal surge em circunstâncias específicas que convirá referir previamente.

Deste modo, podemos citar três tipos de situação em que a cena dialogada surge privilegiada como modo de imposição de um tempo discursivo isocrónico, isto é, idêntico (em termos de duração de ocorrência) ao tempo da história [3]. Uma dessas situações (o episódio do crime e sua preparação, nos capítulos XX a XXV) fica, por agora, em aberto, pois os significados que no

---

[3] Cf. G. GENETTE, *op. cit.*, pp. 129 e 141 ss.. Para a noção de isocronia apontam, em última análise, as preferências de Henry James relativamente a uma técnica narrativa de tipo «dramático» *(showing),* preferências essas perfilhadas, no domínio da teoria, por PERCY LUBBOCK *(The craft of fiction,* London, Jonathan Cape, 1938).

seu contexto se esboçam são sobretudo de natureza conotativa e portanto, como se verá, de dimensão ideológica.

Um segundo tipo de circunstâncias dominado pela cena dialogada é aquele em que se representam, de modo directo ou velado, acções intimamente ligadas à vivência das relações sociais instituídas entre as personagens: é o caso do tenso diálogo inicial (capítulos II e III) travado na redacção do jornal, primeiro entre Álvaro Silvestre e Medeiros e depois também com D. Maria dos Prazeres; o mesmo se passa, quando Álvaro Silvestre surpreende e escuta Jacinto e Clara no palheiro (pp. 86-88), quando D. Maria dos Prazeres enfrenta o regedor e o povo que o acompanha (pp. 155-158) e, de um modo geral, nos serões passados em casa dos protagonistas.

Por último, a cena dialogada pode dizer-se privilegiada também nos momentos em que se desencadeiam reflexões das personagens (sobretudo das centrais) envolvidas na acção. Por estranho que pareça, é, com efeito, para este ritmo temporal que tendem todos aqueles monólogos protagonizados por D. Maria dos Prazeres e Álvaro Silvestre aos quais voltaremos mais tarde. Por agora, cabe apenas esclarecer que esses monólogos (cf., por exemplo, pp. 20 ss., 33 ss., 41 ss. e *passim*) são sobretudo diálogos da personagem consigo própria, como de resto acontece em todo o discurso desta natureza; c diálogo porque é aos seus mitos pessoais e aos seus complexos, às suas frustrações e aos seus anseios que afinal a personagem se dirige, num processo de desdobramento que cinde o sujeito e instaura uma relação emissor-receptor indispensável a todo o acto de comunicação.

Em todas estas ocorrências, a cena dialogada manifesta-se, ao nível da **expressão siginificante,** por meio de três características formais muito explícitas e estreitamente relacionadas: a desvalorização da presença do narrador (que, nalguns casos, vai até ao seu desaparecimento total), o recurso ao discurso directo das personagens e a já referida tentativa de isocronia. É claro que a nitidez destes elementos significantes se turva um tanto nas mencionadas situações de monólogo; apesar disso, a verdade é que ainda assim se tende a respeitar aquelas características formais, embora de modo menos sistemático.

Mas para além de nos ser revelada como ficou descrito, a cena dialogada interessa-nos sobretudo na medida em que expressa **significados** precisos; esboçados já em função das circunstâncias de aparecimento deste signo, esses significados aproximam-se muito dos que pela analepse são veiculados. Assim, a cena dialogada relaciona-se normalmente, em *Uma abelha na chuva,* com o sentido geral de conflito experimentado pelas personagens. Quer no episódio inicial, quer na conversa escutada no palheiro, quer nos serões, quer, finalmente, quando D. Maria dos Prazeres enfrenta o regedor, o que sobretudo se patenteia é o contraste entre anseios, interesses e projectos de vida por vezes diametralmente opostos; e nenhum signo mais sugestivo para expressar esse contraste do que a cena dialogada que coloca frente a frente aqueles que se defrontam, mesmo quando esse frente a frente é protagonizado, como acontece no monólogo, por um sujeito em debate consigo próprio. Em última análise, o que a cena dialogada acaba por denunciar é precisamente (e por paradoxal que pareça) a impossibilidade de diálogo entre entidades divididas por motivações contrastivas; porque para haver diálogo autêntico — e não apenas num sentido formal e linguístico — é preciso que haja possibilidade de instaurar uma relação de solidariedade. E essa é impossível no contexto humano e socioeconómico representado na história de *Uma abelha na chuva*.

Resta acrescentar (e com isto encerramos a análise dos signos temporais mais importantes deste romance) que a cena dialogada impõe uma alusão a um outro signo bastante menos relevante: o **discurso singulativo**. Definindo-se como referência singular a factos singulares ([4]), o discurso singulativo surge estreitamente dependente não só da cena dialogada (como representação pontual que é do discurso das personagens), mas também da focalização interna, na condição de vivência individual de eventos diegéticos ([5]). Não obstante este seu carácter acessório, o signo em questão — normalmente manifestado pelo recurso ao pretérito perfeito — insinua, ainda assim, um significado bastante sugestivo: o da singularidade do tempo. Uma singularidade que confirma afinal o relevo da analepse como tentativa de recuperação de tempos (o passado aristocrático de D. Maria dos Prazeres ou a infância amena de Álvaro Silvestre) que, justamente porque singulares, se não repetem; do mesmo modo que se não repete nem detém o fluir irreversível da temporalidade presente vivida pelas personagens que, por serem incapazes de acompanharem o ritmo desse fluir, serão irremediavelmente arrastadas por ele.

---

[4] Cf. G. GENETTE, *op. cit.*, pp. 145 ss..
[5] Cf. *infra*, cap. 3.

2.2. Relações sintácticas

Analisados já os mais relevantes signos temporais em *Uma abelha na chuva* importa agora deixar aberto um caminho: o do estabelecimento de **relações sintácticas** entre os signos abordados e os que integram os restantes códigos responsáveis pela mensagem em análise. Sem prejuízo de posterior comentário (só possível quando analisados outros elementos), pode desde já afirmar-se que é a analepse que, de modo especial, se combina com outros signos de domínios semióticos diversificados.

Consequência natural da sua proeminência no contexto do código temporal, este facto deve ser associado a um outro, inspirado pelas características temáticas da obra: a incontestável importância de que se reveste o tema do tempo, privilegiado não só em função da produtividade do código temporal, mas também, como veremos, de acordo com a posição assumida em relação a ele por diversas personagens.

Mas o tema do tempo não deverá, por sua vez, ser dissociado da configuração ideológica própria de *Uma abelha na chuva*. Deste modo, sugerida pelas condições de vigência do código temporal, a abordagem de um domínio semiótico com ele relacionado (o código temático) conduzirá depois a um terceiro domínio, o código ideológico. Prova cabal de que a mensagem literária não se esgota, em termos de análise, com a decodificação dos elementos defluentes de um âmbito específico, esta noção aponta também para uma outra anteriormente esboçada apenas em termos teóricos: a de que o discurso narrativo (como aliás todo o discurso literário) se constitui em sintagma a partir de regras combinatórias precisas.

Para além do que a este propósito ficou já dito, convirá ainda esclarecer uma questão. A vigência da analepse nos fragmentos de enunciado que foram referidos não se limita a reorganizar, de modo mais ou menos esquemático, o tempo da história ao nível do discurso. Atribuindo-lhe uma nova ordem, a analepse não o faz de forma cronologicamente rígida nem precisa; e isto justamente porque a sua execução depende normalmente da capacidade de evocação de certas personagens. Ou seja: sendo concretizada a partir de certas perspectivas inseridas na história, a analepse participa na constituição de uma temporalidade de cunho psicológico, na medida em que colabora no processo de sujeição do tempo cronológico às vivências das personagens.

3. CÓDIGO REPRESENTATIVO

3.1. Signos

Com a análise do código representativo entramos não só num dos domínios mais importantes do romance que estamos a estudar, mas também numa matéria particularmente delicada, no contexto do Neo-Realismo. De facto, a problemática do **ponto de vista** ou **perspectiva narrativa** define-se como um dos aspectos tecnicamente mais proeminentes do romance neo-realista, sobretudo se tivermos em conta o que se passava com a ficção realista do século XIX. Com esta, o narrador tendia normalmente a eleger uma óptica de tipo omnisciente, o que lhe conferia um estatuto de entidade privilegiada em relação à história contada; com o advento do Neo-Realismo (e em grande parte por força das directrizes ideológicas que o informaram) passa-se, muitas vezes, à solução oposta: o recurso a uma perspectiva exterior, de pura observação tendencialmente objectiva dos eventos narrados, como se verifica, por exemplo, em muitas passagens de obras tão distantes no espaço como *As vinhas da ira* de Steinbeck, *Vidas secas* de Graciliano Ramos e *Gaibéus* de Alves Redol.

O que acontece com Carlos de Oliveira é a superação da atitude narrativa mencionada e tida por ortodoxa. Assim, com a frustração da objectividade (limite, afinal, inatingível) instaura-se o ponto de vista de personagens inseridas na história e com ele o que essas ópticas arrastam de subjectivo e parcial.

Ora uma leitura semiótica de *Uma abelha na chuva* — romance que, neste aspecto, recolhe as experiências formais inscritas em *Pequenos burgueses* — depara com uma utilização muito sugestiva dos **signos da representação,** utilização essa que não chega para debilitar (reforçando-a até, em nossa opinião) o cunho particular da mensagem neo-realista.

Sem prejuízo do que a seguir se exporá, podemos desde já adiantar o que uma primeira abordagem do romance em análise sugere: a eleição dos signos da representação faz-se de modo muito desigual. Assim, é a **focalização**

51

interna (ou seja, a representação da história através da óptica de uma ou mais personagens) aquela que o narrador utiliza de modo mais insistente; à **focalização omnisciente**, como processo de vigência de uma visão (a do narrador) transcendente à história, é concedida uma função meramente acessória; finalmente, a **focalização externa**, na condição de modo de apresentação do exterior de personagens e eventos, apenas esporadicamente surge actualizada como signo da representação. Apesar disso, importa reflectir brevemente sobre o papel que lhe cabe.

Quando abre a narrativa, é em **focalização externa** que é apresentada a personagem em acção:

> Pelas cinco horas duma tarde invernosa de outubro, certo viajante entrou em Corgos, a pé, depois de árdua jornada que o trouxera da aldeia do Montouro, por maus caminhos, ao pavimento calcetado e seguro da vila: um homem gordo, baixo, de passo molengão; samarra com gola de raposa; chapéu escuro, de aba larga, ao velho uso; a camisa apertada, sem gravata, não desfazia no esmero geral visível em tudo, das mãos limpas à barba bem escanhoada; é verdade que as botas de meio cano vinham de todo enlameadas, mas via-se que não era hábito do viajante andar por barrocais; preocupava-o a terriça, batia os pés com impaciência no empedrado. Tinha o seu quê de invulgar: o peso do tronco roliço arqueava-lhe as pernas, fazia-o bambolear como os patos: dava a impressão de aluir a cada passo. A respiração alterosa dificultava-lhe a marcha. Mesmo assim, galgara duas léguas de barrancos, lama, invernia. Grave assunto o trouxera decerto, penando nos atalhos gandareses, por aquele tempo desabrido (pp. 1-2).

A referência ao exterior da personagem, aos seus gestos e características físicas, assim como o recurso e expressões modalizantes («dava a impressão de aluir a cada passo»; «Grave assunto o trouxera decerto...») denunciam o predomínio, no parágrafo transcrito, de uma óptica sensivelmente limitada quanto ao seu âmbito de conhecimentos; como limitada é também a que apresenta uma outra personagem, no início do capítulo III:

> Antes da chuvada estalar no pavimento, entrou pela vila a toda a brida uma charrete de rodado silencioso; a égua castanha espumava entre os varais; o cocheiro, alto e ruivo, fez estacar o animal em frente do Café Atlântico e saltou da boleia para receber as ordens da dona da charrete, uma senhora pálida, de meia idade, agasalhada num xaile de lã e com manta de viagem enrolada nas pernas:
> — Pergunta no café se o viram. (p. 13)

Além destas duas ocorrências, pode dizer-se que não mais se repete o recurso à focalização externa como processo representativo autónomo. Porquê, então, perguntar-se-á, esta utilização em duas circunstâncias esporádicas? É que, por meio da focalização externa, sugerem-se, desde início, duas limitações a ultrapassar: a primeira coincide com a impossibilidade de se penetrar nas motivações sociais, psicológicas e culturais que comandam o comportamento das personagens, desde que estas sejam apenas superficialmente referidas; a segunda é a limitação da objectividade: quando alude ao «seu quê de invulgar» que caracteriza a primeira das figuras apresentadas e quando designa a segunda como «uma senhora» (e não, por exemplo, «uma mulher») o narrador insinua a sua subjectividade. E insinuando-a, exprime afinal a necessidade de a superar; não, decerto, por meio de um discurso objectivo que a linguagem não consente, mas substituindo essa subjectividade por outra: pela da personagem em acção, o que permitirá o acesso às motivações acima mencionadas, insusceptíveis de serem denunciadas pela simples vigência da focalização externa.

Deste modo, privilegiando a óptica das personagens que vivem a história, o narrador quase se oculta por completo, se exceptuarmos determinadas intervenções abruptas (aliás esporádicas) que a seu tempo observaremos. E se é certo que quase todas as figuras em acção são chamadas a dimensionar pelo seu ponto de vista o fluir da história — recorde-se o episódio inicial em que a estupefacção do director do jornal (pp. 6-8) é veiculada pela sua perspectiva ou o serão em que a visão do Dr. Neto filtra a imagem dos que o rodeiam (pp. 169 ss.) — a verdade é que a Álvaro Silvestre e a D. Maria dos Prazeres cabe, neste aspecto, um lugar à parte. Além de colaborar na definição da sua centralidade (activar um ponto de vista é, de certo modo, destacar o seu sujeito) a utilização da **focalização interna** veicula os mais prementes conflitos psicológicos e sociais que o romance comporta.

Com efeito, é normalmente na vivência de situações de conflito e de isolamento afectivo que se desencadeia a focalização interna das personagens mencionadas; e se, como se vê, aqui se retomam as circunstâncias que inspiravam o recurso à analepse ([1]), um tal facto não deve surpreender: ele confirma afinal a noção de que os signos técnico-narrativos se combinam estreitamente, como teremos oportunidade de verificar, quando analisarmos a formulação do discurso da interioridade das personagens em causa.

Por agora, importa sobretudo verificar como, ao nível das marcas textuais, se insinua a óptica das figuras de maior relevo na acção de *Uma abelha na chuva*:

> Ela fitava-o e não resistia à tentação de um paralelo com o homem mole e silencioso que levava ao lado. A charrete rompia o barrocal, embatia no talhe das covas levantando chapadas de água enlameada. Parecia desmantelar-se (pp. 19-20).

([1]) Cf. *supra*, cap. 2, p. 43 ss.

O vento impelia o marulho da treva, vinha salpicá-lo duma poeira húmida de ruínas; as costas doíam-lhe de encontro ao peitoril; mudou de posição, fez um esforço para se endireitar, fincando as mãos no rebordo da janela, e ficou cambaleante, de olhos abertos para a noite, negra de lado a lado: o luar nunca existiu, as estrelas também não, mas onde diabo terei eu visto já luar e estrelas, se nada vejo agora? (p. 68).

Nos dois exemplos citados deparamos com vestígios muito claros da sujeição da representação narrativa ao estatuto existencial das personagens, através do recurso à sua focalização. Esses vestígios são, em primeiro lugar e de modo muito evidente, as alusões a experiências sensoriais («Ela fitava-o...»; «...sentia no flanco o peso desagradável»; «e olhava para o homem de oiro...«; «O vento impelia o marulho da treva...»; «as costas doíam-lhe...»; «...ficou cambaleante, de olhos abertos para a noite, negra de lado a lado»); assim, o ver, o sentir e o ouvir constituem, entre outras, marcas muito nítidas do lugar fulcral ocupado por personagens em cuja órbita giram os acontecimentos que no seu viver se imprimem. Como o é igualmente o discurso modalizante («Parecia desmantelar-se»), significante que remete para a dúvida e para a limitação de conhecimentos própria de uma vivência particular e não omnisciente. E também o discurso pessoal («...mas onde diabo terei eu visto já luar e estrelas...») que, confirmando a radicação individual de marcas anteriores, introduz o fluir da interioridade das personagens e cinge a acção, mais do que nunca, à especificidade da sua existência.

Mas para além dos processos formais de expressão deste signo da representação, não menos importante é tentar descortinar os **significados** por eles encerrados. Assim, no que respeita a D. Maria dos Prazeres — cuja óptica se activa sobretudo no episódio do regresso (caps. IV-VII), nos capítulos VIII (pp. 45-49) e XIV —, é sobretudo o sentido do contraste (e uma certa perplexidade face à sua verificação) que é evidenciado. Contraste sugerido por uma situação de crise económicca contraposta ao vigor do passado; contraste insinuado também, quando à personagem sobrévem uma outra crise relacionada com a anterior: a da sua superioridade social (sustentada na antiguidade do nome e na condição aristocrática) em confrontação com a humilhante subordinação à esfera do poder [2] representada pelo marido, confrontação essa que se delineia muitas vezes no contexto da reflexão da personagem.

---

[2] Cf. as suas ocorrências fundamentais nas pp. 33-34, 41-45, 56-60, 85-90 e em toda a extensão dos capítulos XI, XVII e XVIII.

Mas falar em contraste é implicitamente referir uma relação de contrários. Daí que a focalização interna de Álvaro Silvestre ([3]) represente, quanto aos significados que veicula, o necessário complemento da de D. Maria dos Prazeres na medida em que, centrando-se também no sentido nuclear do contraste, o dimensiona agora a partir do pólo oposto. Deste modo — e para além do próprio contraste de interesses sociais e projectos de vida — outros se insinuam a partir da óptica de Álvaro Silvestre: o do seu comportamento indiferente em oposição à tensão emocional vivida por D. Maria dos Prazeres («e tenho sono; podes mandar-me novas ferroadas; à vontade»; p. 33); o da sua decadência e progressiva alienação em confronto com a recordação da voluntariedade do pai (cf. pp. 106-108); finalmente, um último contraste que engloba tudo o resto: o do presente (isto é, o remorso, a crise de confiança, a instabilidade psicológica) com o passado representado nas reflexões do capítulo XVII, ou seja, com a inocência, o vigor e a pureza da infância:

> Sentou-se num desses marcos de pedra tosca que dividem as propriedades; tentava serenar, sair da sua confusão; e olhando aqueles sítios conhecidos agasalhou-se na memória das manhãs infantis passadas por ali [...]. (p. 97).

A vigência da focalização interna como signo da representação não pode, no entanto, dissociar-se da própria representação do discurso da interioridade das personagens; o que significa que a instituição da sua perspectiva chega a assumir, em certos casos, a configuração discursiva do pensar das personagens. Expresso em monólogo interior indirecto ([4]), esse discurso beneficia de uma relativa organização por parte do narrador: com efeito, não chegando a intervir abruptamente no fluir das reflexões das personagens, o narrador (como responsável último pela sintagmática narrativa) não deixa, no entanto, de as clarificar por meio de um arranjo sintáctico que lhes retira a feição caótica habitualmente patente nas mais arrojadas manifestações de monólogo interior. Para além disso, cabe ainda ao narrador uma outra função orga-

---

([3]) Cf. MARIA ALZIRA SEIXO, «Uma abelha na chuva: do mel às cinzas», in C. DE OLIVEIRA, *Uma abelha na chuva*, Porto, Limiar, 1976 (Posfácio).

([4]) «[The indirect interior monologue differs]from direct interior monologue basically in that the author intervenes between the character's psyche and the reader. The author is an on-the-scene guide for the reader» (ROBERT HUMPHREY, *Stream of consciousness in the modern novel*, Berkeley/Los Angeles, University of California Press, 1965, p. 29).

nizativa mais ampla: a que consiste em evidenciar a oscilação do discurso da interioridade das personagens. Chamamos, neste contexto, oscilação da interioridade a dois movimentos distintos:

> A modorra ia-lhe empurrando os pensamentos até um sítio escuso da cabeça, donde não viriam aborrecê-lo por enquanto; e tenho sono; podes mandar-me novas ferroadas; à vontade. Bastava-lhe a ele cingir as pálpebras, apertá-las mais, um pouco mais ainda; quando sentia o canto dos olhos bem franzido, deixava de a ouvir; e pouco a pouco ia-se enconchando no seu próprio cansaço; dormitava. Ao mesmo tempo que Álvaro Silvestre assim resvalava pelo sono, nela crescia o fogo: com que então indiferente, vejam bem, superior às canseiras que me dá, ao lamaçal que me obriga a trilhar por um tempo destes. Sua Excelência cabeceia, qual cabeceia, Sua Excelência dorme, indiferente ao que eu digo, às mazelas da égua, à estupidez desta viagem que nunca mais acaba, indiferente ao mundo [...] (pp. 33-34).
>
> Com o breve desequilíbrio das coisas que lhe margeavam o pensamento, o fio das recordações quebrou-se; a marcha suspensa da charrete, o esforço inútil do marido para se levantar, o silêncio cortado pelo diálogo com o cocheiro, o poisar mais audível da chuva miúda no oleado da capota, marearam a nitidez das velhas imagens como num lago que estremece; apesar disso a viagem continuou, agora e no passado: não era possível resistir a um casamento como o seu senão enquistando-se numa casca de hábito o gosto de viver, as emoções, os desejos, o amor, ou então... Álvaro Silvestre tornou a resvalar-lhe para cima, ela interpôs o cotovelo entre os dois e cravou os olhos no cocheiro, inteiriço como um bloco, atento à noite e à estrada [...] (p. 22).

No primeiro caso é, como se verifica, a oscilação do monólogo de uma para a outra personagem; no segundo, é a alternância de dois tempos interiorizados pelo sujeito da acção: o presente vivido e o passado (mais ou menos recente) evocado em monólogo interior indirecto.

Não é por acaso que este papel de orquestração narrativa de que se incumbe o narrador tem lugar neste romance: não deixando de respeitar escrupulosamente o discorrer das personagens, o narrador torneia de modo hábil o perigo do hermetismo que necessariamente sobreviria se as reflexões das personagens não fossem clarificadas e sujeitas a este curioso processo de montagem de inspiração cinematográfica. Ao mesmo tempo, confirma-se, pelo recurso à analepse na oscilação presente/passado, a importância de que se reveste a combinação de signos provenientes de domínios semióticos diversificados, combinação essa representada no segundo exemplo acima citado e em diversas outras ocorrências de monólogo interior indirecto ([5]); interio-

---

[5] Cf., por exemplo, pp. 97 ss.

rizada pela personagem, a contraposição presente/passado ganha uma evidente dimensão patética justamente porque projectada na consciência do sujeito que a vive:

> A ruína entrou na casa de Alva, dinheiro, terras, móveis levados pela voragem; lustres arrancados dos tectos (começou a seroar-se à luz de pobres lamparinas); velhas arcas de madeira olorosa e pesadas de belos linhos, reposteiros, cadeirinhas graciosas forradas a damasco, armários de talha, guarda-loiças de cristais finíssimos, camas torneadas, deu o sumiço em tudo; [...] e quando ela fez dezoito anos, o pai fidalgo, que era Pessoa, Alva e Sancho, descendente de um coudel-mor, de um guerreiro das Linhas de Torres e primo do Bispo missionário de Cochim, negociou o casamento da filha com os Silvestres do Montouro, lavradores e comerciantes: sangue por dinheiro (a franqueza dum homem sem outra alternativa); assim seja, concordou o pai Silvestre, compra-se tanta coisa, compre-se também a fidalguia (pp. 20-21).

Para além da vigência muito frequente da focalização interna, ocorre também, embora de modo mais esporádico, a representação **omnisciente** de elementos da história. Recorrendo a este signo, o narrador mais não faz do que confirmar as preocupações de clareza narrativa patentes na enunciação das reflexões das personagens. Com efeito, a focalização omnisciente em *Uma abelha na chuva* tem lugar fundamentalmente em duas circunstâncias particulares: quando se trata de evidenciar as características do contexto social em que decorre a acção do romance (cf. capítulo VII) e quando se impõe a apresentação de personagens que nem por serem secundárias se revelam menos significativas na economia semântica da obra: D. Cláudia e o Dr. Neto (cf. capítulo IX).

No primeiro caso denuncia-se uma certa atmosfera mental (as intrigas de aldeia, a disputa do prestígio de âmbito local, etc.) cuja configuração ajuda a perceber o isolamento em que sobretudo se encontra D. Maria dos Prazeres. No segundo caso, é ainda o sentido do contraste (entre as duas personagens em causa, os seus interesses específicos e modos de vida) que é patenteado pela representação omnisciente. Mas é algo mais do que isso; são também os sentidos profundos que defluem dos elementos caros ao Dr. Neto (as abelhas, o mel, o tempo) que começam a desvelar, por meio de símbolos, a mensagem ideológica que o romance veicula. Mais do que essa mensagem, o que agora importa é confirmar os significados expressos ao nível dos signos da representação, por meio da análise dos vestígios da subjectividade projectados no enunciado de *Uma abelha na chuva*.

3.2. Representação subjectiva

Se a limpidez semântica se afirma como consequência imediata do recurso, nas circunstâncias verificadas, à focalização omnisciente, o mesmo acontece com determinadas passagens do romance em que a voz do narrador se faz ouvir de modo particularmente incisivo. Atenuada nos fragmentos do enunciado dominados pela omnisciência — releiam-se as passagens que acima mencionámos —, a subjectividade do narrador irrompe em momentos particularmente tensos da acção. Assim acontece, por exemplo, quando, no diálogo do capítulo XIII, D. Maria dos Prazeres afirma que «os mortos não empunham chicotes»:

> Não? Os retratos dos nobres Pessoas pendem solenes das paredes do escritório. Olhe para eles, D. Maria dos Prazeres. Os mortos estão dentro desta sala, com um chicote implacável. O orgulho de velhos senhores, as carrancas severas, o pó das calendas, as tretas do costume. O seu marido tem de destruir os mortos. De tentar, pelo menos. Que outra coisa pode ele fazer? Deixe-o experimentar. Ou eu me engano muito ou vai sair-se mal. Ora repare (p. 76).

Como se vê, a intrusão do narrador assume claramente a feição de comentário ao mesmo tempo irónico e esclarecido. Protagonizado por uma entidade atenta ao fluir da acção, esse comentário tem por finalidade denunciar as motivações profundas do comportamento das personagens; atento ao conflito que opõe Álvaro a D. Maria dos Prazeres, o narrador desnuda, por meio da sua intervenção, as raízes sociais e históricas desse conflito. E fazendo-o emite um juízo negativo que atinge sobretudo a condição de classe da personagem feminina, juízo consumado pelo recurso a expressões depreciativas («as carrancas severas, o pó das calendas, as tretas do costume»).

Idêntico pela formulação ao comentário analisado (e também àquele em que ironicamente o narrador «aconselha» Álvaro a destruir Jacinto ([6])) surge um outro, no capítulo XXIII, no episódio da morte do cocheiro. De modo mais prolongado e assumindo um aspecto pretensamente dialogante, cabe então ao narrador interpelar a personagem em causa (António oleiro), não tanto acerca do acto em que está envolvida, mas sobretudo quanto às suas consequências:

([6]) Cf. p. 105.

[...] Olhe que o ruivo pode morrer de um instante para o outro, a cacetada deixou-o prostrado há um bom par de horas, e vocemecê fica sozinho enquanto o moço não voltar; o vento e a chuva caem nessa vida como numa fogueira muito fraca; levante a aba do capote e agasalhe o ruivo, que aliás não perde pela demora. Bom trabalho, mestre, e boa noite (p. 129).

Tenha-se em conta que as «sugestões» feitas pelo narrador ultrapassam, na sua intencionalidade, o circunstancial do crime cometido; elas apontam sobretudo para um outro sentido, o da solidão episodicamente vivida pela personagem e que aqui se deseja superada. E mesmo essa solidão é suscebtível de ser interpretada, em termos globais, de acordo com a atitude subjectiva do narrador a propósito do sistema de relações sociais vividas no romance: apontando para o isolamento de António, o narrador denuncia afinal as contradições que subjazem ao seu comportamento de personagem em conflito não com o estrato que o domina, mas com o que lhe é afim.

Não menos significativos do que os analisados são os juízos expressos sob a vigência da focalização interna das personagens mais proeminentes, juízos esses cuja intencionalidade e alcance devem, no entanto, entender-se diversamente dos que o narrador protagoniza.

Com efeito, a activação dos pontos de vista de Álvaro Silvestre ou de D. Maria dos Prazeres, dando lugar ao fluir das suas reflexões e do seu modo peculiar de contemplar o mundo, provoca alguma coisa mais. Referimo-nos à necessária adequação do código estilístico ao signo específico (focalização interna) defluente do código representativo. O que confirma, de modo muito claro, não só uma noção teórica já conhecida (a da combinação e mútua dependência dos diversos códigos literários), mas também a inegável coerência técnico-formal que caracteriza o discurso de *Uma abelha na chuva*, especialmente em certas passagens:

Quando estiou, partiram. Anoitecera já de todo. O ruivo tinha acendido a lanterna da charrete e o clarão batia na lombeira da égua lustrosa de suor e chuva. O perfil do cocheiro arrancava-o da sombra a luz amarelada: o queixo espesso, o nariz correcto, a fronte não muito ampla mas firme. De encontro à noite, parecia uma moeda de oiro. [...]
Ela fitava-o e não resistia à tentação de um paralelo com o homem mole e silencioso que levava ao lado. A charrete rompia o barrocal, embatia no talhe das covas levantando chapadas de água enlameada. Parecia desmantelar-se. A cada solavanco, Álvaro Silvestre escorregava sobre a mulher que sentia no flanco o peso desagradável; esquivava-se à pressão, encolhida ao canto da bancada; e olhava para o homem de oiro, na boleia, sob a morrinha (pp. 19-20).

Dimensionada pela óptica de D. Maria dos Prazeres, a história faz-se discurso, projectando-se neste as marcas de uma subjectividade irrefreável (a da protagonista); subjectividade que oscila entre dois pólos: por um lado, a contemplação do cocheiro que inicialmente «parecia uma moeda de oiro», para no final do fragmento surgir metaforizado, de modo mais radical, em «homem de oiro». Ou seja: de um lado, situa-se a imagem da superação de frustrações sublimadas em erotismo recalcado, imagem essa necessariamente valorizada de acordo com a dimensão eufórica e positiva própria do semema «oiro»; do outro lado, o sentido negativo da existência, «o peso desagradável» de uma companhia degradante e responsável, na óptica de D. Maria dos Prazeres, como é óbvio, pelos desajustamentos afectivos e psicológicos que a marcam.

Mas este processo de combinação das marcas estilísticas da subjectividade da personagem com a sua óptica, é susceptível de ser invertido:

> Álvaro Silvestre afundou-se nos almofadões da cadeira de verga, ao pé do lume. Tinha o brandy à mão, na mesinha holandesa que viera do palacete de Alva, uma das ninharias que o sogro pudera reunir para a prenda de casamento, a mesinha holandesa, meia dúzia de retratos a óleo (restos da galeria dos avós) e um velho elmo que o fidalgo garantia ter andado nas Linhas de Elvas, ao lado do Conde de Cantanhede, com um Pessoa de Alva dentro a levar o Meneses à vitória: a certa altura, a coisa estava fusca, estava mesma preta, e D. António Luís, um grande general mas prudente (os Meneses foram sempre prudentes), receando o envolvimento dos seus homens, tinha já a ordem de retirada na ponta da língua, quando o meu avô D. Jerónimo se lhe chegou ao pé: Elvas tem de ser libertada, Conde, eu não retiro, eu embico com o meu terço pelo flanco da cavalaria deles e isto há-de ir; pois embicou e aquilo realmente foi; apontava o elmo ao velho Silvestre: aqui lho deixo, quero-lhe tanto como à Maria dos Prazeres, aqui lhe deixo os dois; o lavrador bateu a ponta dos dedos na relíquia e tirou um som choco, de lata: como material, não é lá grande coisa, mas fica na sala grande, prega-se ao meio da parede, e aprende a história, Álvaro, para se contar a quem vier [...] (pp. 41-42)

Agora é Álvaro Silvestre que, ao afundar-se nos almofadões, mergulha também em recordações; e destas decorre não só a imagem que a personagem conserva do passado (a da confrontação de interesses sociais e projectos de vida antagónicos), mas também uma certa configuração estilística assumida pelo enunciado. Recorrer, no contexto do monólogo interior às expressões e termos por meio das quais Álvaro Silvestre reconstitui o diálogo com o sogro («a coisa estava fusca», «na ponta da língua», «eu embico», «pois embicou») é, de certa maneira, agredir pela linguagem conotativamente pejorativa factos e situações carecidas de valor para a personagem; e é, igualmente, dimensionar esses factos e situações por uma óptica idêntica à do velho Silvestre: para este, os símbolos que remetem ao passado (o elmo) apenas encerram um valor imediato («como material não é lá grande coisa») e não os significados mediatos e históricos insusceptíveis de serem atingidos por uma visão estreitamente materialista e «comercial» da existência.

4. ACÇÃO

4.1. Economia da acção

Embora em estreita conjugação com outros âmbitos (ponto de vista, tempo, temática, ideologia, etc.), a **acção** de *Uma abelha na chuva* constitui um domínio sujeito a articulação própria e, como tal, susceptível de análise específica.

Deste modo, importa clarificar, antes de mais, qual a configuração global da acção do romance e quais os caminhos que ela abre para chegarmos aos sentidos fundamentais da obra. Diga-se, desde já, que falar em **acção**, a propósito de *Uma abelha na chuva*, implica duas observações prévias; em primeiro lugar, há que ter em conta que não existe na história uma acção única, mas antes duas que estreitamente se relacionam: a principal, isto é, a das relações problemáticas e conflituosas entre D. Maria dos Prazeres e Álvaro Silvestre, e a secundária imbricada na primeira e constituída pelos amores de Jacinto e Clara contrariados de forma violenta [1]. Por outro lado, só esta segunda história pode dizer-se comandada por uma intriga, isto é, por uma série de eventos encadeados de forma causal e encerrados com um desenlace irreversível (a morte de Jacinto e o suicídio de Clara).

---

[1] Num estudo que dedicou a esta obra, Maria Alzira Seixo notou precisamente que a relação sintáctica entre as duas histórias subordina-se ao princípio do *encaixe* (cf. «Uma abelha na chuva: do mel às cinzas», posfácio a *Uma Abelha na Chuva*, Porto, Limiar, 1972, pp. 228-229 e 234-237).

Esta diversidade estrutural (história principal em acção aberta, história secundária com uma intriga fechada) não deixa de ter um certo interesse, ao nível dos significados fundamentais do romance. É que os amores de Jacinto e Clara e sobretudo os projectos de vida que lhes são inerentes constituem uma etapa bem demarcada (logo, de fronteiras muito nítidas) no contexto dum longo processo que fica em aberto: o das profundas modificações sociais e económicas anunciadas pela rebeldia de Jacinto, modificações essas que se projectam no devir dum processo histórico muito amplo e longe de estar terminado. Ora é precisamente neste contexto que a acção principal surge como fragmento representativo, mas inconcluso, da crise vivida pelos estratos dominantes da sociedade em vias de transformação.

Neste aspecto, *Uma abelha na chuva* mais não faz do que filiar-se na tradição geral do romance neo-realista português, virado para a representação de cenários sociais e históricos normalmente não balizados por intrigas com princípio, meio e fim ([2]). O que não impede que, do ponto de vista temporal — e em qualquer acção o factor tempo assume uma importância inegável — a obra em análise se defina em termos próprios. Com efeito, ao contrário de romances neo-realistas em que o tempo da acção é consideravelmente alargado (por exemplo, *Esteiros* de Soeiro Pereira Gomes, *Marés* de Alves Redol ou *Cerromaior* de Manuel da Fonseca), em *Uma abelha na chuva*, a cronologia da acção concentra-se em cerca de três dias. Este facto, porém, não deve induzir-nos em erro, já que, se materialmente o tempo da acção é reduzido, em dois outros aspectos ele apresenta-se mais dilatado: em termos **históricos,** na medida em que a **analepse** projecta muitas vezes as acções do passado sobre as do presente, e em termos **psicológicos,** porque a **focalização interna** sujeita os eventos às vivências das personagens cuja óptica comanda a representação narrativa ([3]).

A inexistência de intriga ao longo da acção principal não inviabiliza, entretanto, duas operações de análise de grande interesse operatório: a demar-

---

([2]) A este propósito, pode mesmo dizer-se que o romance neo-realista cumpre escrupulosamente o princípio da representação duma «fatia de vida» proposto por uma estética também de fundamentos realistas (o Naturalismo), embora ideologicamente assente em bases diversas das do Neo-Realismo.

([3]) Cf. *supra,* pp. 43 ss. e pp. 53 ss. Num romance de Fernando Namora *(Casa da malta)* assiste-se a uma situação idêntica, já que diversas personagens socialmente desprotegidas recordam, numa noite vivida em comum, as experiências e incidentes da sua vida passada.

cação de episódios de **catálise** e a delimitação das grandes **sequências narrativas** que integram a diegese.

Assim, as **catálises** ([4]) correspondem às fases da acção principal dominadas por acontecimentos a que podemos genericamente chamar de caracterização social e psicológica. Referimo-nos, em especial, aos dois serões (capítulos VII-X e XXXII-XXXIV) que marcam etapas de pausa depois de certa intensidade dramática: o episódio da redacção do jornal (assim como a viagem que se lhe seguiu) e a morte de Jacinto e subsequente reacção popular.

Deste modo, é durante os serões referidos que se esboça um espaço de vivência colectiva, espécie de micro-universo em que se centralizam e concentram não só os acontecimentos mais proeminentes do macro-universo envolvente, de feição rural e provinciana, mas também as características próprias das personagens secundárias: os rumores acerca das relações entre o padre Abel e D. Violante, a timidez de D. Cláudia, as concepções da existência perfilhadas pelo Dr. Neto, as reacções à ousadia popular, etc.. O que não significa, entretanto, que «a quebreira do lume, o rumor insistente da chuva pela noite, a comodidade das cadeiras de braços bem almofadadas» (p. 166) sejam suficientes para dissolverem as tensões que dominam D. Maria dos Prazeres e Álvaro Silvestre. No próprio contexto desses serões, irrompem, como eco distante de ocorrências anteriores, as preocupações que dominam os protagonistas: acontece assim, quando Álvaro Silvestre reflecte acerca da morte (pp. 57-58) ou quando, verificando que o seu sofrimento se encontra num beco sem saída, a sua perturbação emocional explode, em contraste gritante com a falsa acalmia do ambiente que o rodeia:

> Caminhou para a porta, oscilando tanto que parecia aluir a cada passo, e desatou aos gritos, sem ninguém saber se pedia ou protestava:
> — Onde é que há brandy nesta casa? Onde é que há brandy nesta casa? (p. 173)

Ao contrário do que acontece com as catálises, as **sequências** que integram *Uma abelha na chuva* encontram-se dotadas de uma dinâmica acentuada, determinada aliás pela configuração estrutural que as caracteriza.

([4]) Recorde-se que, de acordo com uma conceituação hoje geralmente aceite, as *catálises* constituem tempos de retardamento no devir da acção em cuja dinâmica essencial não intervêm de modo directo (cf. R. BARTHES, «Introduction à l'analyse structurale des récits», in *Communications*, 8, Paris, 1966, p. 11).

Em termos sintagmáticos, pode dizer-se que a articulação das sequências se consuma do seguinte modo:

Sequência	Acção	Capítulos	Relação sintáctica
S 1	Apresentação	I-III	—
S 2	Viagem	IV-VI	Encadeamento
Catálise: Serão		VII-X	—
S 3	Conflito	XI-XIV	Encadeamento
S 4	Revelação	XV-XVII	Encadeamento
S 5	Crime	XVIII-XXVI	Encaixe
S 6	Remorso	XXVII-XXXI	Encadeamento
Catálise: Serão		XXXII-XXXIV	—
S 7	Suicídio	XXXV	Encadeamento

Primeira observação suscitada pela análise esquemática das sequências: a de que elas constituem unidades estruturais relativamente equilibradas em termos materiais, já que a sua extensão é normalmente bastante idêntica. Com efeito, verifica-se que, na sua maioria, elas são constituídas por um número de capítulos que oscila entre os três e os cinco. O facto de duas sequências (S 5 e S 7) escaparem a este equilíbrio deve-se à sua peculiar inserção na estrutura diegética; deste modo, a sequência final, como encerramento da dinâmica da história, constitui apenas o seu epílogo, de certo modo sugerido já nas unidades sequenciais anteriores, epílogo esse que, pela sua própria condição, não obriga à abertura de expectativas a satisfazer posteriormente. Por sua vez, a sequência do crime deve a sua extensão anormal ao facto de constituir a segunda acção engastada no corpo da primeira. Mesmo assim, convém notar que esta segunda acção mantém um certo equilíbrio estrutural interno, análogo ao das restantes sequências. Com efeito, as três etapas que determinam a constituição de uma unidade sequencial encontram-se distribuídas de forma harmoniosa: os capítulos XVIII a XX correspondem à virtualidade do acto, os capítulos XXI a XXIV integram a passagem ao acto (crime), encerrando-se a sequência com a fase de acabamento (capítulos XXV-XXVI) ([5]).

([5]) Claude Bremond completou a teorização de Todorov neste domínio, precisando que a consecução duma *sequência* obedece a um desenvolvimento que passa pelos três

Para além destas observações de tipo formal, uma outra impõe-se também, apontando agora para o domínio dos significados temáticos e ideológicos que a obra encerra. Referimo-nos ao sentido genérico que as sequências manifestam, sentido esse que pode sintetizar-se no da violência, patenteado embora de formas variadas. Deste modo, em diversas sequências, a violência é, antes de mais, física: o assassinato de Jacinto, assim como o suicídio de Clara definem-se como o deflagrar de irreprimíveis conflitos de raiz social e psicológica; do mesmo modo, a «agressão» dos quadros dos Alvas por parte de Álvaro Silvestre (pp. 76-77), assumindo embora uma dimensão simbólica, não deixa de se integrar na mesma linha das acções anteriormente mencionadas, resultando como elas de motivações sociais que a análise do discurso ideológico a seu tempo evidenciará.

Por outro lado, as restantes sequências revelam também, ainda que de forma indirecta e como que implícita, a existência de situações violentas. Assim acontece logo com a sequência inicial em que a ocultação, por parte dos protagonistas, dos sentimentos de mútua aversão leva a uma curiosa elaboração de tipo metonímico:

> Lá fora, a chuvada despenhou-se por fim. Sentiram-na retinir nas vidraças. O jornalista aproveitou para mudar de conversa:
> — Forte aguaceiro. Estala.
> Álvaro Silvestre anuiu logo:
> — Boa bátega, sim senhor.
> Só ela preferiu continuar a bater no mesmo prego:
> — A boa bátega que te podia ter apanhado no caminho. Já pensaste nisso?
> Fechou os olhos de puro desalento: cala-te, Maria, cala-te. O Medeiros levantou-se, foi à janela espreitar as cordas de água fumegante: mas que dois. (pp. 17-18)

Como se vê, a violência das relações intersubjectivas Álvaro/D. Maria dos Prazeres como que é transferida para a bátega de água; mas isso não impede que o jornalista insinue uma subtil conexão entre «as cordas de água fumegante» e o casal em conflito («mas que dois»).

Uma situação idêntica a esta ocorre no final da viagem (S 2), quando D. Maria dos Prazeres chicoteia a égua (p. 35); dificilmente reprimida e interiorizada ao longo da unidade sequencial, a violência psicológica acaba por se materializar, transferindo-se embora para outra entidade que não o seu destinatário efectivo (Álvaro Silvestre). Do mesmo modo, às sequências da

---

tempos mencionados (virtualidade, passagem ao acto, acabamento). (cf. *Logique du récit*, Paris, Éd. du Seuil, 1973, p. 131).

revelação (S 4) e do remorso (S 6) não é alheio também o mesmo sentido; acontece apenas que a sua manifestação, quer quando Álvaro escuta o diálogo entre Jacinto e Clara, quer quando é atormentado pelo sentimento de culpa, consuma-se no foro da subjectividade da personagem. Mas nem por isso a violência é menos efectiva, se tivermos em conta não só a densidade psicológica que caracteriza esta e outras personagens, mas também os procedimentos discursivos que veiculam as vivências mencionadas ([6]).

Em última análise, pode dizer-se que as diversas configurações assumidas, ao nível da dinâmica sequencial, pelas situações de violência referidas não são mais do que um aspecto particular duma questão mais ampla: a das metamorfoses da acção. Com efeito, a dupla fragmentação da acção (por um lado, em história principal e história secundária; por outro lado, em unidades sequenciais) e a impossibilidade de a ler de modo monolítico completam-se neste outro âmbito; é que, da interiorização do rancor e do conflito à contundência das pauladas sofridas por Jacinto, passando pela contraposição de planos cronológicos (por exemplo, as recordações de D. Maria dos Prazeres) vão diferenças iniludíveis. Deste modo, assumindo umas vezes uma feição puramente psicologista, traduzindo-se, noutras circunstâncias, na crueza dos factos narrados ou espelhando contradições históricas indisfarçáveis, as metamorfoses do devir da diegese remetem-nos imediatamente para um outro domínio complementar do que temos analisado até agora: o dos níveis da acção.

4.2. Níveis da acção

A estratificação e demarcação de níveis da acção tem que ver, em primeira instância, com o estatuto da personagem, sobretudo no que toca a duas questões cruciais: em primeiro lugar, a que diz respeito à sua inserção no xadrez social da diegese, em correlação dinâmica com as restantes personagens; em segundo lugar e como consequência dessa correlação, a que concerne aos comportamentos e atitudes específicas assumidas pelas diversas entidades em presença. Tudo isto no quadro duma problemática mais vasta, ou seja, aquela que associa inextricavelmente personagem e acção, na condição de

---

([6]) Cf. *supra*, pp. 53 ss.

componentes estruturais interdependentes: «le personnage c'est une histoire virtuelle qui est l'histoire de sa vie. Tout nouveau personnage signifie une nouvelle intrigue» (⁷).

Nesta ordem de ideias convirá, portanto, saber como se processa a compartimentação das personagens e das acções e que elos de ligação existem entre os níveis a descrever.

Deste modo, deparamos com um primeiro nível que é aquele que corresponde globalmente à acção principal. Neste nível, pode dizer-se que as relações de antagonismo entre D. Maria dos Prazeres e Álvaro Silvestre encontram-se como que enquadradas nas que são interpretadas pelos outros dois pares de personagens que com as primeiras coexistem:

$$\text{Álvaro Silvestre} \neq \text{D. Maria dos Prazeres}$$
$$\text{Dr. Neto} \neq \text{D. Cláudia}$$
$$\text{P. Abel} \neq \text{D. Violante}$$

Da situação de incompatibilidade vivida pelos protagonistas temos já falado suficientemente, faltando apenas completar as análises efectuadas com considerações a inserir no domínio da temática e da ideologia, tal como faremos, aliás, com o segundo par referido. Resta dizer que também as relações entre o padre Abel e D. Violante se traduzem em termos de incompatibilidade surda. Antes de mais, porque, do ponto de vista físico (isto é, de certo modo em jeito de indício), é o contraste que se deduz da aproximação entre ambos:

> A criada abriu a porta que dava para o pátio por uma escadaria lateral de pedra e a D. Violante e o padre Abel entraram. Parecidos como o ovo e o espeto. Sempre que os via juntos, ela maciça e baixa, o padre esgrouviado, D. Maria dos Prazeres tinha um sorriso de dúvida: realmente... ninguém dirá que são irmãos (pp. 37-38).

Para além do contraste físico, resta a dúvida de D. Maria dos Prazeres, dúvida essa que afecta também o murmurar do contexto social em que as personagens se inserem. Ora o que essa dúvida insinua é também uma incompatibilidade, agora exercida no plano institucional e traduzida na sus-

---

(⁷) T. TODOROV, *Poétique de la prose*, Paris, Éd. du Seuil, 1971, p. 82.

peita de que as personagens em questão vivem em mancebia e portanto numa situação moralmente precária ([8]).

Note-se que, se é efectivo o antagonismo interpretado pelos dois pares que envolvem Álvaro Silvestre e D. Maria dos Prazeres, não é de estranhar, por outro lado, que ele se expresse apenas em termos estáticos. Com efeito, esse antagonismo surge formulado normalmente de modo descritivo, em estreita sintonia, aliás, com a sua localização em unidades estruturais também estáticas como são as catálises; surgindo apenas como enquadramento dos conflitos vividos pelos protagonistas, às relações contrastivas interpretadas pelas personagens secundárias não pode caber obviamente uma função tão actuante como a que é própria do par Álvaro/D. Maria dos Prazeres. Mas isso não impede que essas surdas relações de contraste constituam também uma ilustração acessória da crise vivida pelo estrato dominante do universo social representado na obra.

Se no nível até agora analisado a inexistência de intriga determina a configuração peculiar do comportamento das personagens, no outro nível (isto é, naquele que é constituído em especial pela sequência do crime) já a dinâmica da acção apresenta uma feição bastante diversa. Antes, porém, de analisarmos essa dinâmica, convém esclarecer que a passagem da acção principal à secundária não se faz de forma brusca: é a sequência da revelação (S 4) e, dentro dela, em especial o capítulo XV, que consuma essa transição, quando Álvaro Silvestre escuta o diálogo entre Jacinto e Clara. Não deixa de ser curioso, aliás, que o desencadear do crime seja motivado pela situação referida; dum lado, estão os dois amantes dialogando entre si, do outro e oculto pelas sombras da noite, encontra-se Álvaro Silvestre. A inexistência de diálogo entre as duas partes e a própria indiscrição do acto de escutar denotam, desde logo, a vigência de tensões entre os dois níveis sociais em presença (o proletariado rural e a burguesia), tensões essas que as revelações de Jacinto virão agravar ainda mais.

Deste modo, Álvaro Silvestre revela-se o elo de ligação entre os dois níveis da acção, função que entretanto só pode ser cumprida com eficácia mediante a colaboração dum outro elemento intermediário: António oleiro. Recorde-se que o que especialmente habilita este último para essa colaboração são, antes de mais, as suas ambições de progresso na escala social; traduzidas

---

([8]) De tal modo é visível o intuito de acentuar a incompatibilidade referida que praticamente todo o capítulo VII é dedicado à sua ilustração, o mesmo acontecendo, em parte, no capítulo IX com o Dr. Neto e D. Cláudia.

já na mudança de profissão (a passagem de oleiro a santeiro) essas ambições passam necessariamente pela pessoa de Clara:

> Casar a rapariga com um lavrador. Desde o nascimento de Clara que embalava o sonho de sair da pobreza pela mão da rapariga: a pobreza, que é a maior cegueira (p. 115).

Cumprida essa função de charneira por duas personagens com um mesmo objectivo imediato (a vingança) estão criadas as condições para que se desenrole uma segunda acção de consequências trágicas. Dotada agora de intriga fortemente encadeada, esta segunda acção fundamenta-se, por isso mesmo, numa estruturação actancial inexistente na primeira:

Actante	Actor(es)
Sujeito	Jacinto/Clara
Objecto	Casamento/posse da terra
Oponente	António/Marcelo
Adjuvante	Vontade/povo
Destinador	Álvaro Silvestre
Destinatário	Ordem social

A estrutura actancial ([9]) exposta merece, para já, um comentário global: a não ser Álvaro Silvestre (cuja função de ligação entre os dois níveis da acção o integra forçosamente na economia desta intriga) e, de certo modo, a motivação que o inspira (ordem social), todas as outras entidades situam-se ao nível do estrato social dominado ou com ele estreitamente relacionadas. Assim acontece com Jacinto e Clara, com António, com Marcelo, com o povo e até mesmo com os actores identificados com conceitos abstractos (casamento, posse da terra, vontade) directamente ligados aos anseios do sujeito.

Em segundo lugar, notar-se-á que a atribuição do papel de sujeito ao par Jacinto/Clara tem que ver com a dimensão social assumida por esta intriga, muito menos dotada de componentes psicológicos do que a acção principal.

([9]) Depois de referidas em *Sémantique structurale* (ed. rev. e corrigida. Paris, Larousse, 1972, pp. 172 ss.) as categorias actanciais definidas por Greimas foram de novo descritas numa obra recente: A. J. GREIMAS e J. COURTÉS, *Sémiotique. Dictionnaire raisonné de la théorie du langage*, Paris, Hachette, 1979, pp. 3-5, 7-8, *passim*.

De facto, considerar Jacinto/Clara como sujeito equivale a desvanecer motivações puramente sentimentais (isto é, Jacinto como sujeito e Clara como objecto) que seria abusivo hipertrofiar, se tivermos em conta o diálogo das duas personagens e o impulso manifestado no sentido da transformação duma situação económica e social que a Jacinto aparece como absurda (capítulo XVI) ([10]).

Daí que o adjuvante seja, antes de mais, uma entidade abstracta (a vontade de alterar essa situação a qualquer preço ([11])) que, dependendo estreitamente do sujeito e dos seus desejos, surge como seu suporte anímico; mas em segunda instância, também ao povo cabe a missão de adjuvante, traduzida nos protestos e no despertar da rebelião provocados pela morte de Jacinto. Só que, num estádio histórico-social relativamente primário, essa ajuda revela-se dessincronizada da actuação daqueles (Jacinto e Clara) cuja consciência de classe era mais aguda.

Explicite-se, por último, que à condição de oponente interpretada por António (e, no plano físico, por Marcelo) não pode ser alheio Álvaro Silvestre. De facto, é a este que interessa fundamentalmente manter uma ordem social (destinatário) que transcende as motivações pessoais (o ciúme, a humilhação, a vingança) aparentemente subjacentes à denúncia. Por isso, Álvaro Silvestre aparece como destinador, ou seja, como atribuidor da desgraça e responsável pela repressão; num nível social (o das personagens exploradas) em que a sua vontade tem ainda algum peso. Só que, num outro plano (o das suas relações com D. Maria dos Prazeres) o edifício começa a abrir fendas profundas; determinadas por contradições económicas e históricas que o tempo se encarrega de denunciar, essas fendas acabarão por pôr em causa, mais tarde ou mais cedo, a supremacia exercida sobre os estratos dominados da sociedade. Para melhor nos apercebermos desse processo de degradação, teremos, entretanto, que tomar em consideração os elementos temáticos e ideológicos que a obra patenteia.

([10]) A condição de sujeito inerente ao par referido confirma-se ainda pelo idêntico destino (a morte) que ambos sofrem, consumado embora por processos diversos.

([11]) Palavras de Jacinto, convencendo Clara: «Se não houver outro remédio, casamos sem consentimento»; e logo depois: «Não falta chão por esse mundo à espera duma enxada» (p. 92).

5. TEMÁTICA E IDEOLOGIA

Analisados já aqueles domínios — tempo e perspectiva narrativa — que mais directamente dizem respeito à organização formal de *Uma abelha na chuva*, cabe agora reflectir sobre a sua informação temática e ideológica. Projectadas no discurso por meio de recursos específicos, uma e outra inspiram uma observação preliminar que se refere a uma questão metodológica; assim, verificar-se-á que o âmbito sobre o qual agora nos debruçamos se apresenta menos susceptível de sistematização do que os até agora abordados. Não significa isto que a análise semiótica não possua qualidades para se aproximar dos domínios temático e ideológico de modo cabal; trata-se, no entanto, de zonas da mensagem que, por não possuirem uma vinculação exclusivamente literária — recorde-se que noutro local ([1]) chamámos **paraliterários** aos códigos temático e ideológico — se apresentam por vezes dotados de uma feição algo difusa. Deste modo, veremos inclusivamente ser necessário invocar de novo determinadas características do discurso narrativo (por exemplo, a formulação do tempo) de certo modo esvaziadas da sua especificidade técnico-formal e revalorizadas numa óptica de interpretação ideológica.

5.1. Expressão temática

A análise dos mais proeminentes signos temáticos que é possível descortinar em *Uma abelha na chuva* terá em conta necessariamente (como, aliás, noutros âmbitos ocorreu) os seus modos de expressão. Assumindo diversas

---

([1]) Cf. *supra*, p. 41.

configurações, os significantes temáticos distribuem-se fundamentalmente por cinco áreas.

Verifica-se, em primeiro lugar, que determinados temas se evidenciam como que à superfície do enunciado, por meio de **referências verbais** directas ou indirectas:

> Lá falar, falavam. Mas ele sabia que nenhum dos dois estava a ser varado pelo pavor. Vida e morte o que são? A morte é perder as terras, a loja, o dinheiro, para sempre; e apodrecer, devorado pelos vermes [...] (p. 57).

> [...] O dr. Neto declarou: cansaço, esgotamento nervoso, a carroça fora dos eixos, enfim, a chave desta fechadura é o repouso, quanto mais repouso melhor (falava por falar; conhecia bem o inferno que era a vida dos Silvestres e no inferno o repouso é difícil; receitou brometos, por descargo de consciência) (p. 29).

> Mas o marido era uma concha de silêncio pasmado e ela própria se apresentou:
> — Maria dos Prazeres Pessoa de Alva Sancho... Silvestre (p. 15).

No primeiro exemplo citado, o tema em causa (o da morte) surge enunciado de forma explícita, recorrendo-se neste caso para tal ao próprio discurso interior da personagem. No segundo exemplo, é ainda relativamente claro o tema do conflito social (ou, mais genericamente, como veremos, o da opressão); só que, neste caso, é metaforicamente — «conhecia bem o inferno que era a vida dos Silvestres» — que se processa a sua manifestação. Finalmente, no terceiro fragmento, o mesmo tema surge formalmente insinuado de maneira bastante mais subtil: na suspensão operada pela personagem («Maria dos Prazeres Pessoa de Alva Sancho... Silvestre») e nas irónicas reticências que dela resultam resumem-se as tensões decorrentes de uma situação de convivência social constrangida e dramaticamente interiorizada por D. Maria dos Prazeres e por Álvaro Silvestre.

Esta última referência conduz-nos naturalmente a um segundo modo de expressão temática: as **personagens** em acção, no que se refere aos seus comportamentos habituais, mentalidades, vinculação social e até quanto aos próprios nomes que as designam.

No que ao último aspecto concerne, é curioso verificar que a temática do conflito protagonizada pelas relações Álvaro/D. Maria dos Prazeres se nos apresenta desde o capítulo II, isto é, antes ainda de as suas subsequentes reacções exprimirem essa mesma temática de modo insofismável. Referimo--nos ao contraste entre os nomes das personagens: à simplicidade do de Álvaro Rodrigues Silvestre opõe-se, por parte de D. Maria dos Prazeres, a pomposa acumulação de nomes de família (cf. p. 15) a que se vem juntar a notação semântica de rudeza patente no apelido Silvestre sarcasticamente acrescentado pela própria personagem em questão.

Mas igualmente no que toca a outras personagens não é difícil reconhecer nas suas características mais salientes a projecção de determinados temas: é assim que, como adiante veremos, o tema da alienação é indissociável da maneira de ser e dos comportamentos de personagens como D. Cláudia e António oleiro. Isto sem prejuízo de se reconhecer que se trata, numa e noutra, de manifestações diferenciadas da citada temática.

Um terceiro processo de expressão dos temas fulcrais de *Uma abelha na chuva* localiza-se ao nível da **acção**. Sem uma intriga muito marcada (à parte o episódio do assassínio de Jacinto), a acção do romance traduz-se na vivência de uma tensão praticamente constante: as disputas e os conflitos entre Álvaro e a mulher, o litígio surdo entre o par Jacinto/Clara e António, o crime perpetrado pelo oleiro, as próprias relações de D. Maria dos Prazeres com o cocheiro constituem os afloramentos mais evidentes da temática geral da opressão. Temática esta que, como se verá, se conota em termos sociais, sobretudo por força da acentuação das distâncias e fronteiras económicas e culturais cavadas entre as personagens mais relevantes.

A temática da opressão surge privilegiada por um outro artifício expressivo: a representação do **espaço**. Com efeito, se a fixação da acção no cenário da Gândara vinca sobretudo aquilo a que Barthes chama o «efeito de real» ([2]), algo mais é atingido por outros aspectos da componente espacial. Tenha-se em conta, por exemplo, o que se passa com o espaço atmosférico; o tempo constantemente agreste que envolve o comportamento das personagens remete de modo incontestável à agressividade que caracteriza esse comportamento ao longo da acção: basta atentar no título do romance (dotado, por outro lado, de evidentes ressonâncias simbólicas), no crescendo da fúria dos elementos quando se atinge um dos momentos mais conflituosos do romance (o episódio do assassínio de Jacinto) e nas próprias reflexões de D. Maria dos Prazeres lucidamente atenta às relações entre a evocação de factos para ela dramáticos (o momento da união a Álvaro Silvestre) e o exterior atmosférico:

[...] Avançava pelo braço do pai, toda de branco, entre um murmúrio de órgão e vozes sussurradas; sorria, mas dentro de si ia nascendo um grito, um grito sempre reprimido; a chuva caía, caía com certeza, no passado e agora (pp. 23-24). ([3])

([2]) Cf. ROLAND BARTHES, «L'effet de réel», in *Communications*, 11, Paris, 1968.

([3]) Outras representações da temática da opressão e do conflito social são deduzíveis do modo por vezes extremamente subtil como é descrito o espaço físico; Yara Frateschi Vieira chama

Estas referências ao espaço atmosférico sugerem exactamente um último processo de manifestação temática: a **representação simbólica,** cujo funcionamento se encontra explicitado desde que evocámos um sentido (o tema da opressão) a partir de um elemento material (o 'tempo desabrido) com ele semanticamente relacionado [4].

Mas o modo como aludimos até agora aos vectores temáticos mais salientes de *Uma abelha na chuva* carece de uma certa sistematização. Com efeito, se é importante descrever o processo de expressão significante dos signos que integram o repertório temático em análise não menos o é passar a um estádio mais avançado: o que se ocupa das relações sintácticas e semânticas em que se encontram envolvidos os signos em questão.

5.2. Relações sintácticas

O estabelecimento e esquematização das relações sintácticas sustentadas pelos signos temáticos expressos em *Uma abelha na chuva* passa necessariamente por duas operações preliminares. A primeira consiste em enunciar (por agora sem a preocupação de aludir à componente semântica) os referidos signos. A alguns deles fomos forçados a fazer referência no parágrafo anterior: concretamente, o tema da **morte,** o da **opressão** e o da **alienação.** Julgamos ter ficado patente, todavia, que ao segundo cabia um lugar de relevo, pelo menos no contexto que suscitou a sua evocação; assim é efectivamente, acrescentando-se a ele três outros: o tema do **tempo,** o da **vingança** e o da **alienação social.** Para além destes, outros ainda se encontram disseminados ao longo da sintagmática narrativa (o conflito temporal, a decadência, o remorso, a alienação temporal, a infância, a morte), surgindo, no entanto, como consequência das relações sintácticas de base instituídas pelos temas mais relevantes.

Ao falarmos neste conjunto de temas secundários, estamos já implicitamente a encetar a segunda das duas operações preliminares a que acima

---

a atenção para o carácter antitético de dois espaços que remetem à vivência psicológica das personagens: «o quarto do M. P., confortável e frio, e o palheiro onde se encontram J. e C., despojado e cheio de calor» («"Uma abelha na chuva": procedimentos retóricos da narrativa», in *Alfa,* 16, Marília, 1970, p. 241).

[4] A problemática da representação simbólica será desenvolvida no próximo capítulo.

fizemos referência: a hierarquização e posicionamento correlativo dos diversos signos que integram o código temático de *Uma abelha na chuva*. Assim, a uma leitura atenta da obra não escapará decerto a centralidade de que disfruta a temática da opressão e os matizes semânticos que nela se encontram compreendidos; a partir dela e por ela motivados, surgem os três temas a seguir enunciados (tempo, vingança e alienação social). De facto, reconhece-se sem esforço que os três signos temáticos em questão aparecem mais como consequências diversificadas das múltiplas referências à opressão do que como manifestações autónomas. Por isso mesmo, tempo, vingança e alienação social constituem, no viver e no agir das personagens, quase sempre modos de superação do clima psicológico tenso gerado pela opressão.

Finalmente, os diversos temas a que chamámos secundários afirmam-se como resultado de um segundo processo de diversificação provocado por certas personagens; esse segundo processo de diversificação parte do tema do tempo que assim confirma duplamente o seu destaque: por um lado, pela sua posição no repertório temático em que se insere; por outro lado, pelos seus reflexos ao nível técnico-narrativo, reflexos esses atestados pelo relevo de que disfruta o código temporal ([5]).

Tudo isto compreender-se-á, no entanto, melhor se recorrermos, em primeiro lugar, a uma representação esquemática das relações sintácticas descritas e, em segundo lugar, a uma reflexão virada para a problemática especificamente semântica dos temas em análise.

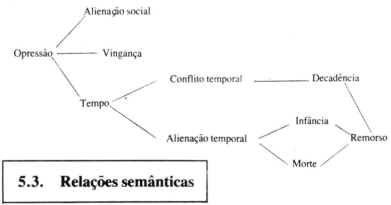

5.3. Relações semânticas

A descrição das relações semânticas sugeridas pelos signos temáticos que temos estado a analisar assentará forçosamente em dois princípios metodológicos basilares. O primeiro prende-se à noção de que os vários temas que

([5]) Cf. *supra*, capítulo 2.

integram o repertório temático de *Uma abelha na chuva* constituem feixes de sentidos fundamentais, susceptíveis de serem abstractamente considerados tal como, em parte, fizemos (a opressão, o tempo, a infância, a morte, etc.); de certo modo, ao estudarmos a orquestração temática do discurso narrativo, encontramo-nos no domínio do que Greimas define como **isotopia**, isto é, «un ensemble redondant de catégories sémantiques qui rend possible la lecture uniforme du récit, telle qu'elle résulte des lectures partielles des énoncés et de la résolution de leurs ambigüités, qui est guidée par la recherche de la lecture unique» ([6]). Só que, no contexto da linguagem literária, a variedade gera a **pluri-isotopia**; disto mesmo nos apercebemos já quando, ao abordarmos as relações sintácticas protagonizadas pelos signos temáticos, tivemos em conta necessariamente uma pluralidade de temas.

Do exposto deriva o segundo princípio metodológico a que acima nos referíamos, princípio esse que aponta para o facto de a dimensão semântica dos signos temáticos constituir um complemento indispensável da sua faceta sintáctica; mas se é certo que agora se superará a relativa aridez de que se revestiram as considerações sobre a organização e distribuição correlativa dos temas, não é menos certo que acerca da dimensão semântica agora em causa alguma coisa foi já dito. E isto porque (como se deduz do próprio conceito de tema e do de isotopia), enunciar um tema é, desde logo, apontar um sentido; o que quer dizer que agora importará, em especial, desenvolver dois outros aspectos: o que se refere à articulação dos sentidos temáticos fundamentais com as personagens e situações que conduzem à sua manifestação discursiva, e o que leva a explicar, de modo mais fundamentado do que anteriormente, as relações de mútua dependência em que se encontram esses sentidos.

O carácter nuclear do tema da **opressão** não pode dissociar-se do facto de praticamente todas as personagens de certo relevo estarem a ele ligadas de maneira mais ou menos directa; opressão que, no dizer de Maria Alzira Seixo, assume, na história do crime, uma feição «caracterizadamente física (morte, suicídio, prisão)», ao passo que, «na primeira história, na história dos senhores, a exploração manifesta-se ao nível das puras capacidades, da luta psicológica» ([7]); opressão que, na opinião da mesma autora, é susceptível de

---

([6]) A. J. GREIMAS, *Du sens*, Paris, Éditions du Seuil, 1970, p. 188. Cf. também A. J. GREIMAS e J. COURTÉS, *Sémiotique. Dictionnaire raisonné de la théorie du langage*, Paris, Hachette, 1979, pp. 197-199.

([7]) M. ALZIRA SEIXO, «Uma abelha na chuva: do mel às cinzas», posfácio à edição de *Uma abelha na chuva*, Porto, Limiar, 1976, p. 229.

desdobramento sémico: «exploração e desejo serão portanto, dois semas constituintes do conceito funcional e isotópico, que escolhemos, da opressão, segundo o seu funcionamento no texto» [8].

Como se vê, o tema da opressão não pode ser assumido monoliticamente, já que tanto a sua composição sémica como as personagens a que remete se diversificam de acordo com as circunstâncias em que se consuma o seu afloramento textual. Isto mesmo se passa em relação ao conflito D. Maria dos Prazeres/Álvaro Silvestre.

Desvanecida (que não eliminada ([9]))a componente económico-social do conflito em questão, é ao nível das vivências psicológicas que especialmente se agudizam as tentativas de mútua aniquilação: assim, de um lado (D. Maria dos Prazeres), acentua-se especialmente o sentido do desejo que, centrando o agir da personagem no eixo das volições, remete em última análise para os valores que a norteiam (origem aristocrática, preconceitos de casta, etc.); do outro lado (Álvaro Silvestre), é o vector da exploração que se encontra hiperbolizado, de acordo com o código axiológico a que a personagem se submete, código que faz da supremacia económica, da opressão material e da busca do lucro princípios irrevogáveis. Daí que entre as duas personagens em causa o desfasamento e o desencontro de interesses seja constante; daí também que as relações D. Maria dos Prazeres/Álvaro Silvestre se processem sistematicamente numa atmosfera de grande tensão emocional em que conflitos muitas vezes recalcados acabam por estalar violentamente:

> Vendo-se espapaçado no meiple, Álvaro endireitou o corpo, procurou uma posição mais digna:
> — Muito conde, muita léria, mas há vinte anos que me comes as sopas. Quando houve fome lá pelos palácios, foi aqui que a vieste matar, com a família atrás. E vinham todos mais humildes, vinham quase de rastos. Nesse tempo o que a prosápia queria era broa. [...]
> Ergueu-se com dificuldade e apanhando pela sala tudo o que lhe veio à mão decidiu espatifar os retratos. Uma fúria trémula de bêbedo. Ali tinham os Alvas, os Pessoas, os Sanchos, livros e garrafas nas trombas, copos e tinteiros nas fuças, jarras, cinzeiros, lixaria nas ventas. Vidros estilhaçados acordavam um som agudo pela sombra, coisas pesadas tombavam surdamente no tapete (pp. 75-77).

Se passarmos a um segundo par de personagens (D. Cláudia/Dr. Neto), verificamos que o tema da opressão continua presente, esvaziado embora da contundência que acabámos de observar. De facto, às relações entre ambos

---

[8] *Loc. cit.*, p. 228.
[9] Cf. M. ALZIRA SEIXO, *loc. cit.*, p. 225.

subjaz, de forma indelével, um contraste que deixa supor a possibilidade de conflito e, na sua sequência, a da tentativa de mútua destruição patente já em Álvaro e D. Maria dos Prazeres; e isto porque a um Dr. Neto naturalista, gostosamente virado para os fenómenos da natureza e colhendo do contacto com a terra lições sempre renovadas, opõe-se uma D. Cláudia que «temia a natureza, a chuva, o sol, o mar, o vento, ignorava as flores que irrompem dos estrumes, e a própria vida humana, as relações sociais, os pequenos equívocos da convivência, as conversas mais acaloradas, assustavam-na» (p. 51): o que, como veremos, conduz a personagem a uma forma de alienação indissociável da temática do tempo.

Por aqui se vê que se a opressão se não materializa ainda na ligação D. Cláudia/Dr. Neto, ela é pelo menos sugerida e apresentada em estado embrionário; ou seja: a opressão como possibilidade não é mais do que uma espécie de representação metonímica de um estádio primordial pelo qual terão passado as relações de D. Maria dos Prazeres com Álvaro Silvestre.

A temática da opressão estende-se ainda a um outro nível. Referimo-nos não só ao episódio do crime (englobado no domínio temático da vingança), mas sobretudo, neste momento, ao que dele resulta, isto é, o encontro de D. Maria dos Prazeres com o povo encabeçado pelo regedor ([10]). Trata-se, neste caso, de uma das situações do romance em que as relações sociais se apresentam de forma como que esquemática, isto é, levando a uma explícita e directa confrontação da classe dominante com a classe dominada, esta última na condição de extensão colectivizada de Jacinto já aniquilado. Note-se, entretanto, que se D. Maria dos Prazeres toma o lugar que lhe cabe na correlação das forças sociais (apoiando, portanto, os interesses do marido) isso não significa que se diluam as tensões com Álvaro Silvestre; de facto, no interior do bloco social (resultado, afinal, de uma aliança social) que se opõe ao povo e ao regedor, continuam acesos os conflitos:

> Ela gritou por fim:
> — Não te matam, descansa, posso lá ter tamanha sorte; hei-de aturar-te até ao fim da vida, até que Deus me leve deste inferno que é a tua casa. Tenho nojo de ti, nojo, entendeste bem? Que te admiras tu que eu sonhe?, sonhos sobre sonhos, sempre, para esquecer a tua cama, o pão da tua mesa. (p. 153)

Mas a temática da opressão contém em si determinadas virtualidades semânticas que permitem passar, sem solução de continuidade, aos restantes

---

([10]) Cf. *Uma abelha na chuva*, caps. XXVIII-XXXI.

temas já referidos; o que significa que alienação, vingança e tempo não são mais do que prolongamentos naturais e lógicos do tema nuclear da opressão. Isso mesmo pode verificar-se se atentarmos nas circunstâncias de manifestação e no significado último do signo temático da **alienação social**. Fortemente marcado por conotações de carácter político-económico, o tema em questão surge protagonizado de forma muito evidente pela personagem António, um dos responsáveis directos pelo crime que vitima Jacinto. Com efeito, a participação do oleiro na acção de *Uma abelha na chuva* parece justificar-se, em primeira instância, como forma de ilustração do vector semântico da alienação social; representando, no processo de relações sociais, uma forma degradada de tentar resolver os desníveis de classes, a alienação social torna-se efectiva quando a personagem pretende eliminar os desníveis referidos aliando-se a interesses e projectos de vida que não são os do seu estatuto económico-social. Esta aspiração surge, aliás, subtilmente indiciada tanto na mudança de actividade de António (de oleiro a santeiro vai a distância que separa o fabrico de objectos úteis da modelação mercenária de imagens destinadas à contemplação passiva), como na sua cegueira que simbolicamente sugere a incapacidade de «ver» com nitidez quais os seus verdadeiros interesses de classe. Por isso, António não tem dúvidas em aliar-se a Álvaro Silvestre; e fazendo-o, acaba por ser instrumento servil da materialização física da opressão, cujo prolongamento por meio da temática da alienação social assim se confirma.

Mas o signo temático que acabamos de analisar não esgota as suas virtualidades semânticas apenas nas circunstâncias descritas. De facto, a ele vincula-se também, em grande parte, a existência diegética de D. Maria dos Prazeres e Álvaro Silvestre; intérpretes eles próprios de uma aliança de concepções de vida antagónicas ([11]), o falhanço estrondoso dessa aliança transforma-os inevitavelmente em protagonista de um outro vector temático: o da **vingança**.

Indissociável também do tema da opressão, a **vingança** expressa, em *Uma abelha na chuva*, os momentos em que as tensões sociais atingem maior intensidade. Assim se entendem os comportamentos que levam D. Maria dos Prazeres à constante tentativa de humilhação de Álvaro e à procura deliberada

---

([11]) Atente-se nesta passagem de uma das reflexões de D. Maria dos Prazeres: «sangue por dinheiro (a franqueza dum homem sem outra alternativa); assim seja, concordou o pai de Álvaro Silvestre, compra-se tanta coisa, compre-se também a fidalguia» (p. 21).

de isolamento, concretizada no episódio em que, impedindo o acesso do marido ao quarto, a personagem evoca a imagem antitética do cocheiro, «nítido e luminoso» (p. 82); como vingança igualmente (ou, pelo menos, como sua tentativa) julgamos dever interpretar os breves assomos de vigor em que Álvaro se opõe à mulher (como ocorre no já citado episódio da agressão dos quadros) assim como, evidentemente, a sua decisiva participação no assassínio de Jacinto, por interposta pessoa.

A temática da vingança (uma espécie de dimensão visível e agressiva dos conflitos sociais) remete, por sua vez, sobretudo no que a algumas personagens respeita, ao último dos grandes temas presentes em *Uma abelha na chuva:* o tema do **tempo,** origem ele próprio de uma diversificação temática que claramente confirma a sua proeminência.

Essa proeminência (que faz da temática do tempo um elemento relevante também ao nível da expressão ideológica e da própria representação simbólica) deduz-se das referências que lhe são feitas quando da apresentação do Dr. Neto. Personagem até agora referida apenas de modo episódico, o Dr. Neto constitui afinal, na economia da acção, a chave interpretativa de diversos significados contidos na obra: isso mesmo se depreende da atenção com que observa os que o rodeiam e das reflexões que daí decorrem. Consciente de que o real encerra motivações que importa descortinar, o Dr. Neto é pois a personagem lucidamente atenta ao que o cerca e incapaz de se desviar de uma constante profissão de confiança nos fenómenos da vida e da natureza; daí que lhe seja possível concluir (a partir da observação das abelhas e do mel, entidades valorizadas, como veremos, ao nível da simbologia) que «a Vida, a Natureza, Deus ou lá o que era, podia arrancar [algo] de belo e saboroso ao tempo» (pp. 52-53).

A consciência da importância do tempo, por um lado, e, por outro lado, a convicção de que ele é susceptível de gerar a perfeição, não são, entretanto, igualmente assumidas pelas restantes personagens. Condicionadas quase todas elas pela temática em análise, é sobretudo em relação ao par D. Maria dos Prazeres/Álvaro Silvestre que mais nitidamente se verifica uma diversa concepção e confrontação com a problemática do tempo.

Assim, para a primeira, o tempo suscita fundamentalmente a vivência de um conflito que, não perdendo as conotações sociais sugeridas pela evocação dos privilégios de classe abalados, centra-se sobretudo no reconhecimento de um contraste: o do presente, prostituído à estabilidade económica garantida por Álvaro, com o passado remoto, em que um Pessoa de Alva andara nas Linhas de Elvas. Observado já quando analisámos o código temporal ([12]), é justamente esse contraste que inspira o conflito referido, o qual, nem por ser assumido quase sempre no foro das reflexões íntimas da personagem, vê desvanecida a sua intensidade.

Exactamente na sequência do conflito temporal vivido por D. Maria dos Prazeres, a personagem é conduzida à verificação da sua decadência, que é afinal a de uma classe social historicamente ultrapassada; decadência que se materializa na procura obsessiva de sublimações para a frustração afectiva e erótica (o vigor aventureiro de Leopoldino, a imagem de Jacinto, «homem de oiro» (p. 20) «nítido e luminoso» (p. 82); decadência finalmente reconhecida de modo dramático, porque na presença daquele que em grande parte foi o responsável pela sua consumação:

> Que te admiras tu [Álvaro] que eu sonhe?, sonhos sobre sonhos, sempre, para esquecer a tua cama, o pão da tua mesa. O que nunca supus foi tê-lo dado a perceber e agora, mesmo depois de morto, odeio esse maldito ruivo, talvez te sirva de consolo, odeio-o, por ter dado conta do que era só comigo, tão íntimo, que o esconderia a mim própria se pudesse (p. 153).

Daqui ao remorso vai um passo. Um remorso que, decorrendo do consentimento e da participação da personagem numa situação afectivamente degradada e socialmente inconsequente, não pode dissociar-se de Álvaro Silvestre. Só que este chega ao remorso por um caminho diverso do de D. Maria dos Prazeres, mas nem por isso menos sinuoso e atormentado.

Para Álvaro Silvestre, a vivência do tempo traduz-se quase sempre na procura de uma alienação temporal. Subtema derivado da interpretação a que a personagem sujeita a temática do tempo, a alienação temporal representa um comportamento idêntico à embriaguês, visto que uma e outra são afinal formas de escapar a um presente marcado pelas dissensões que conhecemos já. Daí que as reflexões da personagem a conduzam muitas vezes a um tempo já passado:

> Sentou-se num desses marcos de pedra tosca que dividem as propriedades; tentava serenar, sair da sua confusão; e olhando aqueles sítios conhecidos agasalhou-se na memória das manhãs infantis passadas por ali: as galinhas mansas e ensonadas a desenterrar as minhocas da humidade do pátio; a vez pastosa de João Dias, o velho caseiro, a gritar ao gado; o cavalo novo, comprado em S. Caetano, empinava-se a meio do terreiro e relinchava atirando pelas narinas o fumo da respiração selvagem; as aves madrugavam nas ramagens da nogueira imensa; [...] o sino espargia sobre a gândara o som bíblico do amanhecer e nas

---

([12]) Cf. *supra*, p. 46.

casas nascia o lume para a dejua; engolia à pressa o leite quente e ia mirar, com Leopoldino ao lado, a partida para uma manhã de voo daquela orgulhosa fauna do pombal, raça dinamarquesa ou belga, não se lembrava ao certo: os dois folezinhos do bico brancos como a cal ou a neve, a plumagem esverdeada, um meneio de cabeça onduloso e altivo, o planar rápido do leve corpo ao vento, cortado no segundo preciso sobre o estrado minúsculo do portinholo (pp. 97-98).

Tenha-se em conta que, no fragmento transcrito, a personagem se encontra num dos momentos mais depressivos das suas relações com a mulher, logo depois de ter sido por ela impedida de entrar no quarto e depois de ter surpreendido Jacinto vangloriando-se de que «a D. Prazeres o comia com os olhos...» (p. 88). A consequência imediata destes factos é, como se viu, a fuga ao presente: sintomaticamente, é uma metáfora («agasalhou-se na memória das manhãs infantis») servida pela componente sémica do conforto — o conforto inexistente no presente — que introduz a evocação do passado. Um passado de vigor («o cavalo novo [...] atirando pelas narinas o fumo da respiração selvagem») e de calma social, subtilmente insinuada na atmosfera que envolve o toque do sino («o som bíblico do amanhecer») quando «nas casas nascia o lume para a dejua»; um passado em que concomitantemente a «fauna do pombal» e a brancura dos «dois folezinhos do bico» representam a pureza e a liberdade de movimentos que o presente não consente.

Esta atracção pela infância não é, porém, a única resultante da alienação temporal que domina Álvaro Silvestre; um outro pólo temático se lhe opõe, como alternativa imposta por um presente que se não quer encarar: a morte:

> Agora mesmo uma voz errando no silêncio lhe insinuava: as aves largam para o espaço mas serão destruídas; há laranjas sãs pelas ramagens mas hão-de apodrecer; as vindimadeiras cantam, o gado pasta, os homens cavam, mas tudo, tudo é estrume da terra. No silêncio deserto a voz obsidiante persistia: quando quiseres matar a sede, lavar o sarro desta noite, das conversas tidas, das palavras ouvidas, a água secará de vez (p. 100).

Deste modo, depois de momentaneamente seduzido por um cenário, o da infância definitivamente abolida, e depois de desiludido por um presente que o marcou com a humilhação afectiva e com a opressão psicológica instaurada por D. Maria dos Prazeres, restam a Álvaro Silvestre duas saídas: a vingança, forma afinal inconsequente de tentar superar uma situação de inferioridade ([13]), e a ideia da morte, termo inevitável de todas as provações, diversas

---

([13]) Cf. *supra*, pp. 81-82. Note-se que também a vingança, embora por outra via, acaba por conduzir Álvaro Silvestre à ideia da morte, como se pode concluir do medo experimentado quando o povo entra no pátio (cf. p. 153).

vezes evocado pela personagem ao longo da acção, como única maneira (ainda que dolorosamente encarada) de pôr fim a essas provações (cf. pp. 57, 72 e 74).

Assim se estabelece uma espécie de tensão dialéctica entre dois termos opostos: a infância e a morte, isto é, o tempo da esperança e pureza, e o tempo da destruição definitiva e irreversível, um e outro alheados do presente que, entretanto, levou a personagem à atracção pelos dois pólos temáticos em questão. Justamente da tensão dialéctica instaurada entre infância e morte decorre um último subtema: o do remorso, comum a D. Maria dos Prazeres, como vimos, mas atingido agora por força de um percurso diverso e agudamente vivido, quando na presença da imagem do pai Silvestre que é, de certo modo, a de um vigor degenerado pelo presente (cf. pp. 105-108).

É este remorso que não pode experimentar uma personagem secundária (D. Cláudia) em certo sentido atingida também pela alienação temporal. E tal não acontece porque com D. Cláudia a alienação temporal manifesta-se de forma eminentemente estática e não reflexiva; com efeito, para além das características já apontadas, importa vincar que com D. Cláudia se assiste também a uma fuga ao real que é, em grande parte, uma fuga ao presente. Deste modo, o trabalho de pirogravura monotonamente executado não representa apenas uma tentativa para artificializar o natural: para além disso, o que conotativamente é evocado pelo desenho do «rio manso de salgueiros, a guardadora, os patos» (p. 52) é uma atmosfera (e um tempo) de bucolismo alheada das agruras do presente. Um presente em que visivelmente não cabem as «coisas mansas, paradas» em que D. Cláudia cristalizou a sua atenção.

5.4. Expressão ideológica

Num ensaio dedicado a *Uma abelha na chuva*, Liberto Cruz realçou, a nosso ver acertadamente, a distância que separa o romance em questão do primeiro Neo-realismo, consideravelmente limitado do ponto de vista temático ([14]). Isto não quer dizer, como é óbvio, que se verifique uma ruptura entre

---

([14]) Cf. «Reflexões sobre a temática de "Uma abelha na chuva"», in *Seara Nova*, 1549, Lisboa, 1974, pp. 19-24.

a obra que estamos a analisar e as directrizes ideológicas que nortearam o Neo-realismo português, não obstante as diferenças verificadas dizerem respeito não só ao aspecto temático já referido, mas também ao modo de elaboração dos domínios do tempo e da perspectiva narrativa, sujeitos a um tratamento extremamente cuidado. Simplesmente (e é isso que a seguir procuraremos demonstrar) essas inovações reflectem-se no campo da problemática ideológica do romance, submetendo-se o seu travejamento essencial, neste aspecto, a modos de expressão peculiares que têm que ver, em particular, com três questões: o modo de existência e características das **personagens**, os **elementos temáticos** primaciais e o **discurso do narrador** e seu modo de formulação.

No que à primeira questão se refere — encarada aqui, como as restantes, na condição de signo ideológico — chamaremos a atenção, antes de mais, para o carácter de centralidade que preside à existência diegética de Álvaro Silvestre e D. Maria dos Prazeres. Com efeito, mesmo reconhecendo que as relações Jacinto/Clara permitem também descortinar determinados significados ideológicos, é à volta do primeiro par citado que giram as restantes personagens e se articulam as acções mais destacadas; podendo ser comprovada até pela dimensão da sintagmática que deles se ocupa, a centralidade de Álvaro e D. Maria dos Prazeres confirma-se (e é servida) também pelo recurso insistente às suas perspectivas ([15]), processo indesmentível de conferir à personagem um lugar fulcral na economia actancial de qualquer narrativa.

Mas o significado ideológico mais importante que pode ser extraído da centralidade referida relaciona-se, por um lado, com o tipo de relações entre ambas as personagens mantido e, por outro lado, com a respectiva vinculação social. Se considerarmos que, identificando-se embora (no contexto que as rodeia) com o estrato socioeconómico dominante, as duas personagens em causa provêm de origens sociais diversas e se tivermos em conta os já comentados conflitos inconciliáveis que as dividem, não será difícil chegarmos a uma conclusão de clara dimensão ideológica: a de que tentativas de alianças de interesses sociais *aparentemente* afins, mas afinal muito diversos em termos históricos e culturais, acabam por resultar em clamoroso falhanço, tanto mais inevitável quando mais antagónicos se revelarem os interesses em questão. Isto para além de se considerar que a simples localização do conflito no nível em que se situam Álvaro e D. Maria dos Prazeres é já de si inovadora;

([15]) Cf. *supra*, pp. 53 ss.

com efeito, assim se supera uma concepção dicotómica (e de certo modo maniqueísta) de acordo com a qual o Neo-Realismo normalmente abordava as tensões e lutas sociais apenas a partir da oposição classe dominante/classe dominada: é o que cabalmente demonstram obras básicas do Neo-Realismo como, por exemplo, *Esteiros* de Soeiro Pereira Gomes, *Gaibéus* de Alves Redol e *Casa da malta* de Fernando Namora. Com *Uma abelha na chuva* a crise instala-se no seio do estrato dominante, sendo os seus fundamentos históricos e ideológicos susceptíveis de explicação a partir das contradições próprias desse estrato.

É exactamente para a reflexão de dimensionamento histórico que tende uma personagem cuja importância, no atinente à dilucidação de significados fundamentais do romance, foi já aqui sugerida: o dr. Neto. Com o dr. Neto estamos, como já sabemos, com uma visão salutarmente materialista do relacionamento do indivíduo com a Natureza: «atascado até ao pescoço na vida do Montouro, sabia bem o que custava uma espiga de milho, aos homens e à terra, conhecia as escuras germinações de um girassol ou de uma rosa [...]» (p. 52). É essa visão (constituindo afinal um afloramento do sistema ideológico por que se rege o seu sujeito) que o autoriza a conferir ao real diegeticamente representado o seu verdadeiro significado, mesmo quando esse real, apresentando-se desfigurado, o obriga a subtis deduções:

> À primeira vista, o gosto da razão científica tão arreigado no seu espírito não se coadunava muito com deduções desta natureza. No entanto, pensando melhor, tais juízos partiam de argumentos alicerçados no real: manias, doenças, tiques psicológicos e morais, etc. Não eram construções à toa. De maneira nenhuma. Podia bem deduzir o seguinte sem se atraiçoar: vê-los desfigurados é vê-los verdadeiros; todos eles fabricam fel; abelhas cegas, obcecadas (pp. 169-170).

Se combinarmos esta crença ilimitada nos elementos facultados pelo real (não só pelo circunstancial imediato, mas também pelo social, pelo económico, pelo histórico, etc., etc.) com uma outra crença característica também do dr. Neto, segundo a qual do tempo pode resultar a perfeição (cf. pp. 52-53), chegamos finalmente a uma conclusão de feição ideológica: a de que a dinâmica histórica, no seu desenvolvimento dialéctico, é susceptível de eliminar irregularidades sociais, seguindo, em última análise, um processo homólogo ao que preside à longa maturação de uma espiga de milho ou às «escuras germinações de um girassol ou de uma rosa» (p. 52).

São essas irregularidades que várias das personagens de *Uma abelha na chuva* representam. Personagens já conhecidas, tais como Álvaro Silvestre (que o dr. Neto vê pálido, «a resvalar num amarelo de cidra e idiotia« (p. 169), notações estas de pendor claramente pejorativo) e D. Maria dos Prazeres, com «uma recôndita sensualidade nos lábios» (p. 169) — e «recôndita», significando literalmente «escondida», remete contextualmente a «reprimida», «frustrada» por umas relações em que a limitação da sensualidade de certa forma metaforiza carências afectivas, culturais e económicas.

Mas o que de negativo existe na atmosfera social e mental que rodeia o dr. Neto não se resume às personagens centrais. Outras completam esse panorama, cabendo-lhe embora uma função ilustrativa ideologicamente menos impressiva mercê da posição secundária que ocupam. Referimo-nos, por exemplo, a uma personagem como D. Violante que, por força da sua condição de «adagiário vivo» (p. 45), reenvia a um significado preciso: o conservadorismo projectado em constantes provérbios que, para além de uma sabedoria colectiva empiricamente conseguida, reflectem uma mentalidade incapaz de aderir à inovação de hábitos de vida e formas de comportamento adquiridas. Do mesmo modo, António oleiro representa um aspecto negativo a superar, no cenário sociomental de *Uma abelha na chuva:* a alienação, analisada já enquanto tema e susceptível de interpretação também no domínio dos vectores ideológicos presentes no romance.

Antes, porém, de o fazermos, queremos chamar a atenção para duas personagens situadas no âmbito das alternativas a opor à degradação e crise de valores que tem em Álvaro Silvestre e D. Maria dos Prazeres o seu eixo: referimo-nos ao par Jacinto/Clara, particularmente dotado para se situar nos antípodas da degradação citada. Antes de mais, pelo modo como encaram o tempo; ao contrário de Álvaro e D. Maria dos Prazeres (virados para o passado) e de D. Cláudia (alheada do presente), Jacinto e Clara voltam-se sistematicamente para o futuro. Nesse sentido apontam os projectos de ambos, num diálogo em que sintomaticamente as formas verbais do futuro surgem estilisticamente carregadas de uma importância indesmentível (cf. capítulo XVI). Note-se que esta atitude das duas personagens é confirmada não só pela gravidez de Clara e pela carga de projectos que conotativamente a envolve, mas também, como notou Yara Frateschi Vieira, pelo espaço em que ambas se encontram: «de facto, a cena «Jovem Casal no Palheiro», cercado pela vaca e pelo jumento, a mulher à espera dum filho, ambos em estado de extrema pobreza e solidão, reproduz a representação tradicional do nascimento de Cristo pela pintura ocidental. O termo comum ao presépio e à cena representada, seria a esperança num mundo melhor, onde se daria o resgate dos humilhados e oprimidos.» ([16]).

O facto de essa esperança ter sido frustrada de modo violento (o assassínio de Jacinto e, na sua sequência, o suicídio de Clara) não é suficiente para a desmentir; com isso apenas se acentua e motiva, por um lado, o desespero de Álvaro Silvestre e a crise de confiança que o atormenta, por outro lado, a simpatia e consequente mobilização popular que, tendo sido provocadas por esse desenlace, se definem como prolongamento da ousadia de Jacinto. De tal modo que, atento aos significados profundos encerrados pela realidade que o rodeia, o dr. Neto (novamente ele) chega «quase a admitir que a morte de Jacinto é tão importante como as janelas estilhaçadas pelo povo » (p. 170).

Em última análise (e este é o significado ideológico a que as acções vividas por Jacinto e Clara permitem chegar) conclui-se que, se alguma alternativa de esperança existe para a degradação do estrato dominante e suas excrescências (Álvaro, D. Maria dos Prazeres, António), essa alternativa localiza-se precisamente no nível socioeconómico daqueles (Jacinto e Clara) que encaram o tempo de forma optimista e dinamicamente transformadora. O que contribui para os aproximar do Dr. Neto e das suas conhecidas concepções acerca do tempo; dr. Neto que, por sua vez, experimenta por Clara uma ternura que, quando do suicídio, o leva a misturar com o suor «as lágrimas também, apesar da sua velha convivência com a morte» (p. 179). Razões de sobra para confirmarmos a importância desta personagem, elemento-chave, em muitos aspectos, dos significados ideológicos que a obra sugere.

Um segundo signo de claras implicações ideológicas é constituído pela **informação temática** disseminada em *Uma abelha na chuva*. Vinculando--se, tal como as características das personagens, ao domínio da história, os temas inscritos no romance foram já objecto da nossa atenção, pelo que agora nos interessam apenas na sua globalidade e enquanto veículos de expressão ideológica.

Deste modo, notar-se-á que o conjunto dos mais relevantes signos temáticos patentes em *Uma abelha na chuva* (opressão, alienação social, vingança e tempo), assim como os subtemas que deles decorrem, se ajustam perfeitamente não só aos significados ideológicos expressos pelas personagens, mas também às preocupações dominantes do Neo-Realismo. E isto é evidente sobretudo com os temas da opressão, da alienação e da vingança, visivelmente enfeudados a uma visão do mundo que encara as tensões e confrontações

---

([16]) Art. cit., in *Alfa*, 16, p. 241.

sociais como etapa necessária da transformação histórica da sociedade — exactamente na linha ideológica do Neo-Realismo e do pensamento marxista que o inspira.

Por sua vez, o tema do tempo, dependendo também de coordenadas como as já citadas, sugere considerações particulares. Por um lado, porque a sua presença no contexto do romance em análise conduz, como já se viu, a reflexões (protagonizadas sobretudo pelo dr. Neto) que insuflam nas preocupações sociais do Neo-Realismo uma dimensão histórica de que outras obras carecem; por outro lado, porque a formulação discursiva da temática do tempo suscita uma específica elaboração técnico-formal directamente dependente de um terceiro signo de feição ideológica: o **discurso do narrador.**

Note-se, porém, que o discurso do narrador que aqui particularmente nos interessa não se identifica apenas com o enunciado em que, de modo mais ou menos inovador, tempo e perspectiva narrativa são sujeitos a um tratamento particular. Se este aspecto é susceptível de uma leitura ideológica, muito mais o é decerto um outro domínio da prática discursiva do sujeito da enunciação. Referimo-nos àqueles fragmentos da sintagmática em que o narrador intervém de forma visível e abrupta (cf. pp. 76, 105 e 127-129), fragmentos esses sobre os quais reflectimos já quando analisámos a perspectiva narrativa e a expressão da subjectividade ([17]).

Trata-se, antes de mais, de uma questão passível de provocar alguma perplexidade. João Camilo fez-se eco dessa perplexidade quando designou essas intervenções como «infracções a uma ordem estabelecida no interior do texto» ([18]). Com efeito, numa obra em que o narrador quase sempre adopta uma atitude de discrição, quer dando lugar à perspectiva das personagens, quer (muito mais esporadicamente) pelo recurso à objectividade consentida pela focalização externa, pode causar alguma estranheza a prática de intrusões como as formuladas nas passagens apontadas. Simplesmente, há que considerar que o desejo de neutralidade não é um absoluto; ele só é verificável em confronto com o seu oposto, isto é, com as intromissões em questão que, não sendo quantitativamente suficientes para porem em causa a neutralidade referida, a confirmam por contraste. E isto parece-nos tanto mais certo quanto é visível, da parte do narrador, o intuito de, apesar da feição interventora assumida pelo seu discurso, não perfilhar juízos definitivos e irrecusáveis.

([17]) Cf. *supra*, pp. 58-59.
([18]) J. CAMILO, «Uma abelha na chuva (alguns aspectos da temática narrativa)», in *Arquivos do Centro Cultural Português*, Paris, vol. X, 1976, p. 651.

Assim se compreende, por um lado, o carácter globalmente dialogante e persuasivo de que se reveste o seu discurso e, por outro lado, a expressão de incertezas («ou eu me engano muito ou vai sair-se mal» (p. 76)), a sondagem cautelosa das sensações da personagem («sente ou não sente já no paladar um gosto reconfortante de aguardente velha?» (p. 105)) e a formulação de conselhos que não pretendem interferir na capacidade de decisão da personagem («arraste-se para o sítio donde vem o murmúrio, e o resto é lá consigo» (p. 128)).

Claro que estas observações não explicam os fundamentos ideológicos do estilo irónico e levemente sarcástico adoptado no contexto do diálogo imaginário com as personagens (melhor: duplamente imaginário porque já de si inscrito numa ficção), diálogo esse que justamente deve a sua existência à ironia que o inspira. Ora é através de uma atitude como a ironia (que afinal rejeita aquilo em que parece crer) que acaba por se explicitar a posição ideológica do narrador: aparentando uma intimidade dialogante com as personagens nos momentos mais críticos da acção (as relações tensas entre D. Maria dos Prazeres e o marido (p. 76), a possibilidade de Álvaro Silvestre eliminar o cocheiro (p. 105) e o crime que António comete na pessoa de Jacinto (pp. 127-129)), o que o narrador ironicamente insinua é o seu distanciamento ideológico relativamente aos alicerces socioeconómicos dos conflitos em causa.

Parece-nos descabido, entretanto, atribuir ao diabo (como fez João Camilo ([19])) a autoria das palavras dirigidas a António no final do capítulo XXIII (pp. 127-129). Trata-se de uma hipótese que, a nosso ver, colide, por um lado, com a verosimilhança de uma obra integrada num movimento estético-literário (o Neo-Realismo) alheio ao fantástico e, por outro lado, com o cunho estilístico que atribuímos ao discurso em causa: ironicamente preocupado com a sorte de António, o narrador acede a integrar-se (aceitando plenamente as leis da ironia) no universo de crenças da personagem em cujo contexto se explica a alusão ao diabo («Cheira a iodo, o que é normal, mas também cheira a enxofre, já notou?; não pergunte porquê; estando eu aqui, precisa de perguntar?» (pp. 128-129)). Só que essa alusão, porque decorre de uma utilização extremista da ironia, acaba por denunciá-la como tal, levando a uma leitura ideologicamente correcta (isto é, invertendo o sentido) da mensagem contida na passagem em questão. Leitura que só pode traduzir-se em termos do distanciamento acima mencionado.

([19]) Cf. art. cit., p. 652.

91

A relativa discrição das atitudes ideológicas por parte de um narrador que quase só desvela a sua ideologia pela via sinuosa da ironia, confirma-se ainda por força da elaboração discursiva do tempo e da perspectiva narrativa. Para além das considerações contidas nos capítulos que a estes dois domínios dedicámos, o que agora importa realçar são as consequências que, ao nível da expressão ideológica, são desencadeadas pelos dois aspectos citados. E essas consequências relacionam-se novamente com a inexistência de conclusões ideológicas explicitamente enunciadas.

É isso, com efeito, que se infere da orquestração dos pontos de vista das personagens e da vivência do tempo por parte destas, características ambas que conduzem ao predomínio de subjectividades inseridas na história, em detrimento da do narrador. O que justifica a afirmação de que «é da totalidade do que pudemos ouvir e ver que há-de sair para nós um sentido final da história; não da identificação simpática com um dos personagens. Se há uma moral ela é implícita» ([20]).

O sentido destas palavras revela-se particularmente importante por nos conduzir ao cerne do funcionamento ideológico de *Uma abelha na chuva*. De facto, não estamos perante um discurso narrativo ideologicamente neutro, e muito menos adverso ao sistema de valores que norteia a estética neo-realista; o que em *Uma abelha na chuva* se recusa é uma prática ideológica definitiva e impositiva porque directamente explicitada. Seguindo uma via de expressão mediata (através de signos como o estatuto das personagens e suas relações, o repertório temático globalmente assumido e a construção de um diálogo imaginário e irónico com as personagens mais problemáticas) o narrador abdica da comodidade do discurso abstracto de clara vinculação ideológica e extensão extra-textual imediata. E fazendo-o, privilegia uma prática literária que, inscrevendo-se também num espaço ideológico preciso, o faz, no entanto, com uma subtileza que é a garantia da sua literariedade. O que (se necessário é ainda) cabalmente poderá ser confirmado por um outro recurso estético relacionado também com a ideologia: a representação simbólica.

---

[20] J. CAMILO, *art. cit.*, p. 663.

6. REPRESENTAÇÃO SIMBÓLICA

6.1. Símbolo e prática semiótica

O carácter de certo modo conclusivo deste capítulo e a especificidade da matéria nele abordada exigem uma prévia reflexão teórica. Destinada a demarcar os suportes teóricos (símbolo e simbolização) que subjazem ao estádio final deste estudo, essa reflexão inscreve-se também numa outra problemática mais vasta: a que respeita à própria viabilidade de uma prática semiótica simbólica.

Podendo ser dimensionado em várias perspectivas (antropológica, sócio-cultural, semiótica, linguística, psicológica) e tendo já interessado autores da mais variada formação (Claude Lévi-Strauss, Lucien Lévy-Bruhl, Roman Jakobson, Julia Kristeva, Todorov e Jean Piaget entre muitos outros), o fenómeno da **simbolização** interessa-nos, em primeira instância, em função das suas relações com o da significação estritamente entendida.

Que essas relações se revestem de importância insofismável, provam-no as posições teórico-metodológicas assumidas por certos estudiosos do problema em análise: assim, já Saussure se preocupava em vincar que, ao contrário do signo, «o símbolo nunca é completamente arbitrário; ele não é vazio; há sempre um rudimento de ligação natural entre o significante e o significado» ([1]). Por sua vez, Julia Kristeva, reconhecendo implicitamente estreitas conexões entre o signo e o símbolo, afirma que «l'idéologème du

---

([1]) F. DE SAUSSURE, *Curso de linguística geral*, Lisboa, Pub. Dom Quixote, 1971, p. 126.

signe, dans ses lignes générales, est pareil à l'idéologème du symbole: le signe est dualiste, hiérarchique et hiérarchisant» ([2]).

Estas duas atitudes (aparentemente contraditórias, mas afinal complementares) conduzem-nos a uma necessária definição do estatuto semiótico do símbolo, tendo em vista, por um lado, a sua utilização estético-literária e, por outro lado, a possibilidade da sua leitura crítica à luz das coordenadas operatórias e metodológicas da semiótica literária.

Deste modo, parece-nos importante salientar desde já o carácter **motivado** da representação simbólica, carácter esse que o distingue da convencionalidade (e do funcionamento social) do signo ([3]). O que não impede que em certas épocas e modas literárias (p. ex., Barroco e Petrarquismo) os símbolos alcancem um grau considerável de socialização, por oposição a outras (p. ex., o Simbolismo, nos casos mais herméticos) em que a motivação se consuma adentro das fronteiras de uma individualidade criadora.

Por outro lado — e esta é uma segunda relação, agora de afinidade, com o signo que importa ter em conta — o símbolo comporta uma dimensão **manifestativa** que, pelo elo da motivação semântica, conduz a significados normalmente de grande projecção ideológica, moral, ética, etc. ([4]). Por isso mesmo, veremos a importância que assumem, em *Uma abelha na chuva*, determinadas entidades e fenómenos que simbolicamente remetem a certos significados de ressonância temática e ideológica.

Por aqui se vê que o símbolo, como prática semiótica particular, é capaz de suscitar a atenção da leitura semiótica que temos vindo a interpretar, na condição de signo literário particular, homólogo dos que até agora analisámos. Para confirmar esta ideia, basta recordar duas noções já conhecidas: em primeiro lugar, o carácter de motivação que tendencialmente preside ao funcionamento de todo o signo literário, do mais elementar (como a aliteração) ao mais complexo (como os signos da representação narrativa aqui já analisados ([5])); em segundo lugar, o relevo de que disfruta, na descrição e

---

([2]) J. KRISTEVA, Σημειωτική. *Recherches pour une sémanalyse*, Paris, Seuil, 1969, p. 118.

([3]) Cf. T. TODOROV, «Introduction à la symbolique», in *Poétique*, 7, Paris, 1972, pp. 282-283.

([4]) Cf. HERCULANO DE CARVALHO, *Símbolo e conhecimento simbólico*, separ. de *Rumo*, n.º 135, Lisboa, Maio de 1968, p. 5 e MARIA JESÚS FERNÁNDEZ LEBORANS: «Todo símbolo supone un intento de acceso, de expresión o manifestación de la esencia inaccesible del 'ser', qualquiera que sea su modo de manifestación — como sustancia o como accidente —.» (*Campo semántico y connotación*, Málaga, Editorial Planeta, 1977, p. 160).

([5]) Cf. *supra*, cap. 3.

interpretação dos repertórios de signos literários, a problemática da manifestação significante (ou, no caso específico dos símbolos, **simbolizante**) e das relações sintácticas eventualmente instituídas.

6.2. Repertório simbólico

> [Álvaro] Sentiu-se exausto. Baralhava as ideias, as pernas fraquejavam-lhe, e teve de voltar ao meiple. Reparou que o silêncio enchia a casa toda. A solidão carregava os móveis, o ar, a luz, de um segundo sentido (p. 144).

Quando, num dos momentos cruciais da acção, Álvaro Silvestre atenta na solidão em que se encontra mergulhado e no «segundo sentido» por ela sugerido, pode dizer-se que nos encontramos no caminho de uma representação simbólica cujos componentes semânticos se não clarificam devidamente apenas porque a conturbação emocional da personagem o não consente ([6]). A verdade, porém (e é isto que, por agora, nos interessa vincar), é que a passagem transcrita confirma a ideia de que ao longo de *Uma abelha na chuva*, se encontram disseminados diversos elementos que, integrando-se num vasto processo de simbolização, constituem um **repertório simbólico** cujas linhas de força semântica vão desaguar nos vectores temáticos e ideológicos que já conhecemos.

Não é, entretanto, apenas Álvaro Silvestre que, de uma forma explícita, colabora na representação simbólica operada no romance em análise. Com efeito, outras personagens o fazem de modo variavelmente consciente e com um grau de atenção diverso. Assim acontece com D. Maria dos Prazeres, ao reflectir acerca dos seus conflitos com o marido e ao concluir ter respondido «às tentativas dele, que ao fim e ao cabo também queria paz, desaçaimando os cães (a cólera, as fúrias, os vexames)» (p. 46); mais nítido do que as reflexões de Álvaro Silvestre, o discurso interior de D. Maria dos Prazeres revela até que

---

([6]) A propósito da personagem citada e da sua relação com os símbolos, afirma M. ALZIRA SEIXO que «o fogo, representando a vida, figura para Álvaro o avanço do inferno sobre si, do fogo da mulher, da morte; e a água [...] é fonte de vivificação para o mesmo Álvaro — retendo nós, em sentido abonatório, que o seu bem-estar se traduz no sono, no alheamento, na liquefação (do «brandy») — água de fogo — à água pura)» («Uma Abelha na Chuva: do mel às cinzas», in *loc. cit.*, pp. 242-243).

95

ponto a personagem é capaz de se inserir num processo de representação que parte de um elemento particular e sensível (simbolizante: os cães) para chegar, pela via da motivação, a significados abstractos (simbolizado: a cólera, a fúria, os vexames).

Mas de todas as personagens aquela que mais abertamente empreende raciocínios de feição simbólica é o dr. Neto. Personagem crucial, como se viu já, em termos de clarificação ideológica, ao dr. Neto cabe, neste romance, um importante papel também no que respeita ao decifrar dos símbolos mais proeminentes da obra; particularmente atento, como sabemos, àquilo e àqueles que o rodeiam, nos seus pormenores e peculiaridades mais recônditas, é ao dr. Neto que compete estabelecer as relações de motivação que estão na base do funcionamento semiótico do símbolo:

> Calcule que, de conjectura em conjectura, estou quase a admitir que a morte do Jacinto é tão importante como as janelas estilhaçadas (p. 170).

Mas o relevo de que esta personagem se reveste no domínio que agora analisamos esclarecer-se-á melhor se atentarmos com alguma demora no conjunto de símbolos que constituem o repertório simbólico de *Uma abelha na chuva*, em relação com os quais normalmente encontramos o dr. Neto.

Diga-se desde já que a descrição do repertório simbólico será norteada por um critério fundamental na análise deste componente estético-literário: o da recorrência dos símbolos e, necessariamente, o da sua relativa redução quantitativa ([7]). O que nos levará a subestimar determinados objectos e comportamentos cuja referência isolada e pontual não lhes confere o destaque e o impacto semântico que a outros atinge, sem prejuízo de poderem sugerir um significado localizado: assim acontece com o chicote empunhado por D. Maria dos Prazeres (p. 55), símbolo fálico que remete às frustrações da personagem; com diversos objectos (a mesinha holandesa, o elmo) evocativos de um passado de vigor e poderio, mas agora, como esse passado, simplesmente decorativos (pp. 41-42); com o avivar do fogo por parte de D. Cláudia (p. 52), avivar artificial e controlado («apertando o folezinho de borracha»), idêntico afinal a um outro controle que, por meio da alienação, a personagem exerce sobre o ardor e os conflitos do real; com o desconforto físico do quarto

---

([7]) Julia Kristeva, aludindo às relações entre *símbolo* e *signo*, refere-se às «particularités génerales de la pratique sémiotique symbolique: la *limitation quantitative* des symboles, la *répétition* et la *limitation* des symboles, leur caractère *générale*» (*op. cit.*, p. 117).

de D. Maria dos Prazeres (pp. 79-80), símbolo do desconforto afectivo e cultural que o casamento lhe provoca.

Do mesmo modo, também a personagem, enquanto entidade que num determinado universo de ficção interpreta certas acções, escapa à prática simbólica. E acontece assim porque, em nosso entender, o estatuto semiótico da personagem em *Uma abelha na chuva* tem mais que ver com um funcionamento retórico do que com uma representação simbólica. De facto, sabemos já que certas personagens, relacionando-se de muito perto com temas nucleares da obra, se integram claramente em certos figurinos económicos, sociais e mentais bem definidos: é Álvaro Silvestre identificado com a burguesia rural, é D. Maria dos Prazeres ligada à aristocracia decadente e saudosista, é António oleiro obcecado por anseios de promoção socioeconómica próprios da pequena burguesia, etc.. Ora, neste contexto, o que cada personagem representa não é propriamente um substituto sensível de um certo conceito (como seria próprio do funcionamento simbólico), mas antes uma sua fracção material; razão pela qual o tipo de burguês que Álvaro Silvestre corporiza se ajusta ao estatuto da sinédoque e não do símbolo, o mesmo acontecendo com as restantes personagens.

Daí que seja mais importante considerar sobretudo um conjunto restrito de símbolos fundamentais nos quais se concentram e metamorfoseiam os mais destacados vectores semânticos que dominam a obra. São esses símbolos, em primeira instância, a **abelha** e a **água** e, derivadamente, o **mel** e a **chuva.**

Desde sempre que, nos mais distantes e diversificados sistemas culturais, a **abelha** constitui uma entidade mítico-simbólica francamente valorizada. Integrando uma organização social que parece não ter igual no reino animal,a abelha surge, por isso mesmo, ligada aos sentidos da perfeição e da sabedoria naturais ([8]). Não é de estranhar, por isso, que o dr. Neto, particularmente atento aos significados ocultos que a natureza encerra, relacione o labor das abelhas exactamente com a ideia de perfeição; entretanto, esta só se consuma porque apoiada no fluir do tempo (cf. pp. 52-53), tempo em cuja duração se projecta o processo que consiste em «partir do simples para o complexo» (p. 56), isto é, do elementar para o elaborado (o mel).

A partir daqui, é possível entrever um feixe de relações entre o símbolo em questão, os sentidos simbolizados e as personagens que povoam o universo

---

([8]) Cf. JEAN CHEVALIER e ALAIN GHEERBRANT, *Dictionnaire des symboles*, Paris, Seghers/Jupiter, 1973, 1.º vol., s. v. «abeille», pp. 1-4.

da ficção. Que assim é, provam-no as reflexões do mesmo dr. Neto acerca dos que o rodeiam, ou seja, em primeira instância, do casal Álvaro/D. Maria dos Prazeres, «abelhas cegas, obcecadas» (p. 170), tal como o são os seus amigos íntimos. Deste modo, encontra-se explicitamente posto em causa, pela via da simbolização, o equilíbrio de um estrato da sociedade (o dominante no microcosmo social de *Uma abelha na chuva*) corrompido por força de uma aliança de interesses inconciliáveis; o que explica a amarga conclusão do dr. Neto de que, tendo ajudado, «anos e anos, aquela obra de pintar, repintar, a colmeia dos Silvestres» não atendera «a que lá dentro o enxame apodrecia» (pp. 177-178).

Como se vê, portanto, o símbolo da abelha serve, numa primeira utilização, para vincar, pela negativa, o que de degradado e imperfeito existe num determinado nível social. Por isso mesmo, importa procurar, a outro nível, alternativas para essa degradação: para isso, porém, há que introduzir o símbolo do mel, produto imediatamente derivado do labor da abelha.

Dir-se-ia que as linhas de força sémicas que dominam o símbolo da abelha são, em parte, metonimicamente transferidas para o **mel,** elemento simbólico que, para lá da perfeição e da doçura, evoca um outro sentido fundamental: o da transformação, necessariamente apoiada no fluir do tempo, componente essencial, este último, do repertório temático do romance em análise. E novamente encontramos o dr. Neto ligado a este conjunto de noções, quando o narrador revela que, para ele, «o sono dos bichinhos sábios comedores de pólen (como ele dizia), simbolizava no doce destilar dos favos o que a Vida, a Natureza, Deus ou lá o que era, podia arrancar de belo e saboroso ao tempo» (pp. 52-53).

Ora, sabendo-se que, ao nível de Álvaro e D. Maria dos Prazeres, «todos eles fabricam fel», é junto do par Jacinto/Clara que o mel (isto é, a doçura, a perfeição apoiada no tempo) é susceptível de ser encontrado; e isto porque, como anteriormente vimos, tanto a gravidez de Clara como os projectos de ambos e até o envolvimento espacial em que estes últimos são considerados (cf. cap. XVI) apontam para um futuro de optimismo (ou seja, de doçura idêntica à do mel) que o decorrer do tempo social e histórico propiciará. Em que termos e em que sentido evoluirão as expectativas de Jacinto e Clara, é questão que carece ser relacionada com os outros dois símbolos que integram o repertório simbólico de *Uma abelha na chuva:* a **água** e a **chuva.**

Ao associarmos estreitamente os dois símbolos, não o fazemos por acaso, mas porque estamos convictos de que, em *Uma abelha na chuva*, a **água** não pode ser encarada independentemente das suas manifestações particulares; de facto, tratando-se de um elemento simbólico dotado de considerável polivalência semântica (⁹), há que considerar as metamorfoses que assume ao longo da sintagmática narrativa.

Deste modo, a água é, antes de mais e sobretudo, **chuva**. Explicitamente projectado no título da obra, o símbolo da chuva merece bem o destaque que aqui lhe concedemos, em primeiro lugar pelo facto de marcar com a sua presença os mais relevantes momentos da acção; em segundo lugar, porque, por seu intermédio, são vincados alguns dos sentidos nucleares que a análise da temática permitiu descortinar.

Assim (e é este segundo aspecto que particularmente interessa aprofundar) o que a chuva globalmente evoca é o sentido da agressividade, componente sémico indiscutível do tema da opressão. Agressividade, porque a sua presença gera o desconforto das personagens e acentua (por relação metonímica) os seus conflitos: é assim, por exemplo, logo de início, quando uma bátega de água envolve a cena da redacção do jornal (cf. pp. 17-18); mais adiante, quando as recordações amargas de D. Maria dos Prazeres lhe sugerem que «a chuva caía, caía com certeza, no passado e agora» (p. 24); do mesmo modo, no episódio do crime, ocorrido em plena tempestade de chuva, vento e trovoada. Daí que o sentido fertilizante e fecundante que muitas vezes anda associado à chuva deva aqui ser relacionado com os próprios conflitos que ela presencia, na medida em que (e aqui voltamos, agora por meio do símbolo, ao sistema ideológico) desses conflitos poderá nascer, pela via da superação dialéctica, a estabilidade e a igualdade.

Mas para além da importante metamorfose da chuva, a água é também **fonte e rio**. **Fonte,** quando se impõe, através da imagem da água que jorra e corre da terra, evocar o passado recôndito que flui da memória de certas personagens: por exemplo, Álvaro Silvestre que da obsessão da morte é conduzido ao extremo oposto, o da infância como refúgio de conotações intra-uterinas, isto é, o tempo em que «escorria da bica uma água múrmura, coada pelo berço do areal» (p. 99) (e a imagem do berço confirma aqui o recuo às origens da vida), tal como o poeta que «como um rio ao contrário» vai «devassando as fontes da vida/donde goteja um leite amargo e turvo» (¹⁰). Já

(⁹) Cf. em J. CHEVALIER e A. GHEERBRANT, *op. cit.*, vol. 2.º, s. v. «eau», pp. 221 ss., a pluralidade de sentidos que a água evoca, de acordo com o estatuto mítico-simbólico que lhe cabe em diversos sistemas culturais.

(¹⁰) C. DE OLIVEIRA, «Descida aos infernoss», *Trabalho poético*, Lisboa, Sá da Costa, s/d., vol. I. pp. 87 e 90.

para D. Maria dos Prazeres (e ao contrário do que com Álvaro Silvestre acontece) a fonte não secou:

> Primeiro, a fonte brotou tenuemente, muito ao longe, na infância; depois, a água mansa turvou-se ao longo do caminho, do tempo, com o lixo que lhe foram atirando das margens; e agora é cachoante, escura, desesperada (p. 20).

Como se vê, a fonte é, em princípio, imagem próxima da infância, a um tempo desvanecida («tenuemente») e pura (porque depois turvada); mas depois a fonte faz-se **rio,** passando então a evocar, com toda a nitidez, o escoar de um tempo que quanto mais afastado da infância mais conspurcado se apresenta. O que permite escutar o ecoar longínquo de uma mensagem poética aqui intertextualmente presente:

> A água pura dos poços
> que a alma teve
> leva já lodo à superfície:
> é o escuro tempo da velhice
> e nós tão moços.
>
> A água tormentosa
> que a alma agora tem
> cai de meus olhos tristes:
> ó tempo, ó tempo alegre,
> onde é que existes? ([11])

Mas quando está em causa o desfecho das relações Jacinto/Clara, a água é também **mar** e **poço,** cenários particulares da morte que a ambos atinge. Cenários que simultaneamente constituem a confirmação das características sociomentais das duas personagens e o percurso adequado para a abordagem dos sentidos finais da obra. Com efeito, no que respeita a Jacinto, não é difícil reconhecer que, sendo lançada às águas do mar, a personagem acaba por penetrar no elemento que ao seu comportamento habitual convém: no mar, símbolo da dinâmica da vida, do seu movimento e constantes mutações, exactamente na linha do pensamento de Jacinto, enquanto personagem norteada pelo desejo de transformar o mundo pela medida dos seus projectos («— Não falta chão por esse mundo à espera duma enxada» (p. 92)). Que Jacinto tenha sido fisicamente eliminado, não invalida o facto de a sua

---

([11]) C. DE OLIVEIRA, *Trabalho poético,* ed. cit., vol. I, p. 55.

presença no romance sugerir uma vida futura e não a morte que a ele particularmente atinge; porque, como diz o dr. Neto, «após a fecundação o destino dos machos é a morte», sendo sabido também que «fecundar é criar» (p. 56). E, para além de Clara, Jacinto fecunda sobretudo o movimento de revolta popular que estilhaça os vidros do casal marcado pelo estigma da infertilidade (Álvaro/D. Maria dos Prazeres), que o mesmo é dizer, daquelas classes sociais cujo futuro se apresenta altamente problemático; por isso, o mesmo dr. Neto conclui, como já sabemos, «que a morte de Jacinto é tão importante como as janelas estilhaçadas» (p. 170). O que leva a inferir que essa morte, encerrando um ciclo de vida individual, abre (fecunda) um ciclo de vida colectivamente assumida.

Já com Clara a morte ocorre numa outra metamorfose do símbolo da água: no **poço** que, recolhendo no ventre da terra a água que dela brota, evoca simbolicamente o sentido da origem da vida. Como explicar então que morte e origem da vida se encontrem num mesmo cenário? É que em Clara concentram-se e materializam-se, pela gravidez, os projectos de renovação e de transformação que apontam para uma vida futura; mas esses projectos (que não são só, como é óbvio, os de uma personagem isolada, mas também, por sinédoque, os daqueles que ela representa) encontram-se, por agora, comprometidos face a um conjunto de circunstâncias sociais adversas. Daí que tais projectos se frustrem quando o desespero de Clara a conduz a um espaço (o poço) que, provocando-lhe a morte, sugere mediatamente (simbolicamente) a sua causa: a ousadia de ter projectado o brotar de uma vida futura que o presente deixou germinar, mas não surgir à luz do dia.

Aparentemente, portanto, o romance encerra com uma mensagem de pessimismo, traduzida na eliminação daquela (Clara) que com o símbolo da abelha mais explicitamente se identifica; porque, com efeito, é ela que integra os sentidos da produtividade laboriosa e da fertilidade, uma e outra inerentes também a Jacinto, eliminado igualmente porque «após a fecundação o destino dos machos é a morte» (p. 56). Por outro lado, tudo parece indicar que, com as duas mortes, permanece inalterável o estatuto de privilégio de que disfrutam aqueles (Álvaro e D. Maria dos Prazeres) que da fertilidade e do labor produtivo não podem, de modo algum, reclamar-se.

Simplesmente os episódios finais do romance e a sua leitura simbólica clarificam o sentido do pessimismo. Antes de mais, porque, como já sabemos, as reflexões do dr. Neto levam-no a concluir que, dentro da colmeia pintada e repintada dos Silvestres, «o enxame afinal apodrecia» (pp. 177-178). Ou seja: abre-se a possibilidade de uma inversão de juízos, quando se conclui que entre a aparência (a colmeia repintada, isto é, a organização e compromissos sociais que sustentam os Silvestres) e a realidade (o enxame apodrecido, ou seja, a existência social e psicológica degradada) a relação é de oposição. Por outro lado, aquilo que à primeira vista inculca destruição e morte pode finalmente não o significar:

> A abelha foi apanhada pela chuva: vergastadas, impulsos, fios do aguaceiro a enredá-la, golpes de vento a ferirem-lhe o voo. Deu com as asas em terra e uma bátega mais forte espezinhou-a. Arrastou-se no saibro, debateu-se ainda, mas a voragem acabou por levá-la com as folhas mortas. (p. 180)

O que daqui pode inferir-se como mensagem final alicerçada na constelação de sentidos da obra é que a destruição da abelha não implica necessariamente a do enxame — ao contrário do que ficara consignado na reflexão anteriormente citada a propósito dos Silvestres como enxame apodrecido. Neste caso, a mensagem referida, ressaltando da observação arguta do dr. Neto e das circunstâncias que a enquadram (logo depois do suicídio de Clara), articula-se sobre dois factos estreitamente relacionados: em primeiro lugar, a relação simbólica evidente abelha ⟶ Clara, aquela (simbolizante) saída de uma colmeia cuja cor verde remete também à esperança que na segunda se concentra, e igualmente atingida pela força destruidora da água; em segundo lugar, o sentido da singularidade inerente aos elementos eliminados, singularidade essa presente no título que fala de *uma* abelha na chuva: em última instância, a morte de uma abelha isoladamente não só não compromete a sobrevivência e coesão social do enxame que a perdeu, como sobretudo faz dessa abelha semente de um processo de transformação da vida que evitará a existência de futuras abelhas na chuva.

7. CONCLUSÃO

As considerações finais que se impõem em função do que ficou exposto apontam em dois sentidos complementares: em primeiro lugar, para a problemática específica de *Uma abelha na chuva* e, no contexto desta, para o aspecto da representação simbólica que nos parece dos mais relevantes; em segundo lugar, para o enquadramento do romance em análise no domínio da produção literária neo-realista e das suas características sistemáticas.

Deste modo, caberá dizer, antes de mais, que a representação simbólica consumada em *Uma abelha na chuva* constitui um dos seus aspectos mais complexos, se considerarmos a obra como mensagem envolvida num amplo processo de comunicação literária, em que o perfil sociocultural do leitor real se define como condicionante da eficácia comunicativa dessa mensagem.

Com efeito, é sabido que, no âmbito das preocupações genéricas do Neo-realismo, o discurso literário aspirava a ser um instrumento de consciencialização daqueles que mantinham afinidades estreitas com as personagens exploradas e oprimidas que surgem na ficção neo-realista; é sabido igualmente que a simbolização, fundando-se, como se viu, em relações de motivação, facilita, à primeira vista, a efectivação da prática semiótica; mas também se sabe que, impondo-se a motivação, desvaloriza-se a convencionalidade, pelo que pode instaurar-se, no seio dessa prática semiótica, uma fluidez e instabilidade semântica consideráveis. E este facto é susceptível de esvaziar de pragmatismo o signo literário, afectado pelo fenómeno da plurissignificação.

Ora no âmbito da circulação social da mensagem neo-realista (e é pensando nessa circulação que invocamos a dimensão pragmática do signo literário que o símbolo constitui) a ambiguidade só pode ser superada pela conjugação de dois factores: por um lado, a sistematização dos signos do repertório simbólico em código dotado de um razoável grau de socialização; por outro lado, a activação, por parte dos destinatários da mensagem, de uma leitura enriquecida pelo conhecimento de certas referências culturais, por vezes relativamente sofisticadas, nas quais se apoia a compreensão dos símbolos.

Não será difícil concluir que a segunda condição enunciada dificilmente se concretizará no plano do público que o Neo-Realismo, em princípio, elegeu como seu destinatário primeiro. Já o outro factor invocado levanta problemas de mais difícil resolução.

Com efeito, a questão de saber se o repertório de símbolos presente em *Uma abelha na chuva* contribui para a formação de um código dotado (ou passível de) um grau considerável de divulgação implica, para além de uma reflexão virada para a faceta da recepção, uma outra interessada na sistematização literária do Neo-Realismo. E este aspecto carece de investigação demorada que, por agora, ficará em aberto.

Pode, no entanto, desde já dizer-se que o conjunto de símbolos analisados encontra-se dotado, como se viu, de conexões sintácticas relativamente precisas, razão pela qual se poderá pensar, com alguma razão, na constituição de um código. Só que se impõe saber (e é tendo em conta a problemática geral do **Neo-Realismo** que a questão poderá ser resolvida) qual a capacidade de imposição de que o referido código disfruta, como conjunto de regras sistematicamente organizado.

Por outro lado, *Uma abelha na chuva* parece afirmar-se como marco extremamente importante no quadro da prática narrativa neo-realista: tenha-se em conta, a este propósito, o recurso aos códigos temporal e representativo, recurso por um lado relativamente rigoroso em termos formais e, por outro lado, coerentemente justificado por força da informação temática e ideológica da obra. Mas, constituindo uma prática semiótica que com certa facilidade se analisa e interpreta — e isto por virtude do amadurecimento e estabilização dos códigos em questão no processo de evolução da narrativa, sobretudo a partir de finais do século XIX —, a vigência desses códigos introduz, até certo ponto, uma nota de inovação técnico-formal no panorama particular do movimento neo-realista português; perspectivadas nesse contexto, as proporções e consequências estéticas dessa inovação só serão devidamente avaliadas numa investigação mais demorada que tenha em conta outras práticas estético-literárias do período em causa, até se chegar à formulação de uma teoria narrativa do Neo-realismo português.

104

BIBLIOGRAFIA

1. TEORIA E ANÁLISE DA NARRATIVA

BAL, Mieke — *Teoria de la narrativa (una introducción a la narratología)*, Madrid, Cátedra, 1985.
BREMOND, Claude — *Logique du récit*, Paris, Seuil, 1973.
CHABROL, Claude *et alii* — *Sémiotique narrative et textuelle*, Paris, Larousse, 1973.
CHATMAN, Seymour — *Historia y discurso. La estructura narrativa en la novela y en el cine*, Madrid, Taurus, 1990.
COSTE, Didier — *Narrative as Communication*, Minneapolis, Univ. of Minnesota Press, 1989.
ECO, Umberto — *A leitura do texto literário*, 2.ª ed., Lisboa, Presença, 1982.
ECO, Umberto — *Seis passeios nos bosques da ficção*, Lisboa, Difel, 1996.
GENETTE, Gérard — *Figures III*, Paris, Seuil, 1972.
GENETTE, Gérard — *Nouveau discours du récit*, Paris, Seuil, 1983.
GREIMAS, A. J. e J. COURTÉS—*Sémiotique. Dictionnaire raisonné de la théorie du langage*, Paris, Hachette, 1979.
GREIMAS, A. J. e J. COURTÉS—*Sémiotique. Dictionnaire raisonné de la théorie du langage*—II, Paris, Hachette, 1979.
MARCHESE, Angelo — *L'officina del racconto. Semiotica della narrativà*, Milano, A. Mondadori, 1983.
PRINCE, Gerald — *Narratology. The form and functioning of narrative*, Berlin-N. York--Amsterdam, Mouton, 1982.
REIS, Carlos e Ana Cristina M. Lopes — *Dicionário de Narratologia*, 4.ª ed., Coimbra, Almedina, 1994.
RIMMON-KENAN, S. — *Narrative fiction: contemporary poetics*, London/New York, Methuen, 1983.
SEIXO, Maria Alzira (ed.) — *Categorias da narrativa*, Lisboa, Arcádia, 1976.
TACCA, Óscar — *As vozes do romance*, Coimbra, Almedina, 1982.

2. NEO-REALISMO PORTUGUÊS

ABDALA JÚNIOR, Benjamim — *A escrita neo-realista (Análise socio-estilística dos romances de Carlos de Oliveira e Graciliano Ramos)*, São Paulo, Ática, 1978.
COELHO, Eduardo Prado — «O estatuto ambíguo do "neo-realismo" português», in *A palavra sobre a palavra,* Porto, Portucalense Editora, 1972.
FERREIRA, Ana Paula—*Alves Redol e o Neo-Realismo português*, Lisboa, Caminho, 1992.
GUIMARÃES, Fernando — *A poesia da Presença e o aparecimento do Neo-Realismo*, 2.ª ed., Porto, Brasília, 1981.
LIMA, Francisco Ferreira de — «Neo-Realismo português: percursos e percalços», *Universitas*, 39, Janeiro/Março, 1987, pp. 19-34.
LISBOA, Eugénio— *Poesia portuguesa do «Orpheu» ao Neo-Realismo*, Lisboa, Instituto de Cultura e Língua Portuguesa, 1980.

LOURENÇO, Eduardo — *Sentido e forma da poesia neo-realista*, Lisboa, Ulisseia, 1968.

LOURENÇO, Eduardo — «A ficção dos anos 40», *O canto do signo. Existência e literatura*, Lisboa, Presença, 1994, pp. 284-291.

NAMORADO, Joaquim — *Uma poética da cultura*; organização, prefácio e notas de António Pedro Pita; Lisboa, Caminho, 1994.

REIS, Carlos (ed.) — *Textos teóricos do Neo-Realismo português*, Lisboa, Ed. Comunicação, 1981.

REIS, Carlos — *O Discurso Ideológico do Neo-Realismo Português*, Coimbra, Livraria Almedina, 1983.

REMÉDIOS, Maria Luiza R. — *O romance português contemporâneo*, Santa Maria, Edições Univ. Fed. de Santa Maria, 1986.

RIBEIRO, Maria Aparecida — «Contribuição para uma bibliografia sobre o Neo-Realismo e as Literaturas de Língua Portuguesa», in *Mathesis*, 2, 1993, pp. 243-271.

RODRIGUES, Urbano Tavares — *Um novo olhar sobre o Neo-Realismo*, Lisboa, Moraes Ed., 1981.

SACRAMENTO, Mário — *Há uma estética neo-realista?*, Lisboa. Pub. Dom Quixote, 1968.

SANTILLI, Maria Aparecida — *Arte e representação da realidade no romance português contemporâneo*, São Paulo, Ed. Quíron, 1979.

SANTOS, João Camilo dos — «Tendances du roman contemporain au Portugal du Neo-Réalisme à l'actualité», in *L'enseignement et l'expansion de la littérature portugaise en France*, Paris, F. C. Gulbenkian/C. C. Portugais, 1986, pp. 197-239.

SERRÃO, Joel — «A novelística social na década de 1940. Esboço de problematização», in *Portugueses Somos*, Lisboa, Livros Horizonte, s/d, pp. 233-242.

SILVA, Garcez da — *Alves Redol e o grupo neo-realista de Vila Franca*, Lisboa, Caminho,1990.

TORRES, Alexandre Pinheiro — *O movimento neo-realista em Portugal na sua primeira fase*, Lisboa, Instituto de Cultura Portuguesa, 1977.

TORRES, Alexandre Pinheiro — *O neo-realismo literário português*, Lisboa, Moraes Editores, 1977.

TORRES, A. Pinheiro (ed.) — *Novo Cancioneiro*, Lisboa, Caminho, 1989.

Vértice, 21 (tít. genérico: *O Neo-Realismo literário em Portugal*), Dezembro, 1989.

3. CARLOS DE OLIVEIRA (*)

ALVES, José — «Uma Abelha na Chuva: ébauche d'une lecture sur plusieurs portées», in *Le roman portugais contemporain*, Paris, Fond. Calouste Gulbenkian/Centre Culturel Portugais, 1984, pp. 197-205.

ALVES, Manuel dos Santos — «Uma Abelha na Chuva da Mudança ou a intersecção dos paradigmas», in *Biblos*, vol. LXIV, 1988, pp. 287-312.

BARBOSA, Márcia Helena Saldanha — «*Uma Abelha na Chuva* e *Alexandra Alpha*: sob o signo da paixão», *Letras de Hoje*, vol. 26, n.° 1, Março, 1991, pp. 81-91.

BRANDÃO, Fiama Hasse Pais — «Nexos sobre a obra de Carlos de Oliveira», in *Colóquio/ /Letras*, 26 e 29, Lisboa, 1975 e 1976.

CAMILO, João — «*Uma Abelha na Chuva* (Alguns aspectos da temática narrativa)», in *Arquivos do Centro Cultural Português*, X, Paris, 1976.

(*) Uma extensa bibliografia sobre o autor encontra-se nas *Obras de Carlos de Oliveira* (Lisboa, Caminho, 1992).

COELHO, Eduardo Prado — «A questão ideológica na obra de Carlos de Oliveira», in *Cadernos de Literatura*, 5, 1979, pp. 41-45.

CRUZ, Liberto — «Reflexões sobre a temática de "Uma abelha na chuva"», in *Seara Nova*, 1549, Lisboa, 1974.

DIONÍSIO, Eduarda— «Uma abelha na chuva: quarta edição», in *Crítica*, 1, Lisboa, 1971.

FAGUNDES, Francisco Cota — «Tese e simbolismo em *Uma abelha na chuva*», in *Colóquio/Letras*, 58, 1980, pp. 20-28.

GOULART, Rosa — «Carlos de Oliveira: Arte poética», in *Arquipélago. Línguas e Literaturas*, vol. XI, 1990, pp. 85-136.

GUSMÃO, Manuel — «Em memória de Carlos de Oliveira», *Vértice*, 53, II Série, Março- -Abril, 1993, pp. 65-70.

GUSMÃO, Manuel (ed.)—*A poesia de Carlos de Oliveira*, Lisboa, Seara Nova/Comunicação, 1981.

GUTERRES, Maria — «*Uma Abelha na Chuva*: romance neo-realista», in *Aufsätze zur Portugieschen Kulturgeschichte*, vol. 14, 1976/77, pp. 112-117.

LOURENÇO, Eduardo — *Sentido e forma da poesia neo-realista*, Lisboa, Ulisseia, 1968.

MARTELO, Rosa Maria — «Reescrita e efeito de invariância em *Trabalho Poético* de Carlos de Oliveira», in *Colóquio/Letras*, 135-136, 1995, pp. 145-155.

PINO MORGÁDEZ, Manuel del — *Neorrealismo literário português. Monólogo interior en la narrativa de Carlos de Oliveira*, tese de licenciatura dactilografada; Salamanca. Univ. de Salamanca, 1979.

REIS, Carlos — *O tempo em dois romances de Carlos de Oliveira*, separ. de *Biblos*, LI, Coimbra, 1975.

SANTOS, João Camilo dos — «Quelques aspects de la technique narrative du roman à la troisième personne. Deux exemples: Carlos de Oliveira et Agustina Bessa Luis». in *Le roman portugais contemporain*, Paris, Fond. Calouste Gulbenkian/Centre Cult. Portugais,1984, pp. 217-233.

SANTOS, João Camilo dos — «Breves reflexões sobre o Neo-Realismo de Carlos de Oliveira: a influência grega e a herança de Ibsen», in *Arquivos do Centro Cultural Português*, vol. XXII, Lisboa/Paris, Fundação Calouste Gulbenkian, 1986, pp. 423--453.

SANTOS, João Camilo dos — *Carlos de Oliveira et le roman*, Paris, Fundação Calouste Gulbenkian/C.C. Portugais, 1987.

SANTOS, João Camilo dos — «Apresentação de um romancista neo-realista: Carlos de Oliveira», *Vértice*, 38, II Série, Maio, 1991, pp. 25-43.

SEIXO, Maria Alzira —«*Uma abelha na chuva*: do mel às cinzas», posfácio a *Uma abelha na chuva*, Porto, Limiar, 1976.

SILVESTRE, Osvaldo M. — *Slow Motion. Carlos de Oliveira e a pós-modernidade*, Braga/ /Coimbra, Angelus Novus, 1995.

TORRES, Alexandre Pinheiro — «A tetralogia da Gândara de Carlos de Oliveira», in *Romance: o mundo em equação*, Lisboa, Portugália, 1967.

TORRES, Alexandre Pinheiro — «Carlos de Oliveira ou algumas das necessidades não primárias equacionadas pelo Neo-Realismo», *Ensaios escolhidos — I*, Lisboa, Ed. Caminho, 1989, pp. 129-140.

Vértice, n.º 450/1, Setembro-Outubro, Novembro-Dezembro, 1982.

VIEIRA, Yara Frateschi - «*Uma Abelha na Chuva* — Procedimentos retóricos da narrativa», in *Alfa*, 16 Marília, 1970.

ÍNDICE DE AUTORES

AKHMATOVA, Anna — 10
ALMEIDA, A. Ramos de — 15
ALMEIDA, J. Américo de — 12
AMADO, Jorge — 12
ANDRADE, J. Pedro de — 18

BARTHES, Roland — 65, 75
BELCHIOR, M. de Lourdes — 18
BENDA, Julien — 14
BERGSON, Henri — 14
BREKLE, Herbert — 38
BREMOND, Claude — 66

CAMILO, João — 90, 91, 92
CARVALHO, Herculano de — 38, 94
CHEVALIER, Jean — 97, 99
COCHOFEL, João José — 14
COELHO, Eduardo Prado — 20
COURTES, Joseph — 71, 78
CRUZ, Liberto — 85

DIONÍSIO, Mário — 14, 15, 16
DUBOIS, Jean — 36

ECO, Umberto — 38
ERLICH, Victor — 10

FAULKNER, William — 11
FEIJÓ, Rui — 15, 16
FERNANDEZ LEBORANS, M. Jesús — 94
FONSECA, Manuel da — 17, 18, 19, 20, 64

GENETTE, Gérard — 36, 40, 43, 46, 48
GHEERBRANT, Alain — 97, 99
GOMES, Soeiro Pereira — 64, 87
GORKI, Maximo — 11
GREIMAS, A. J. — 71, 78
GUIMARÃES, Fernando — 13

HEMINGWAY, Ernest — 11
HOUDEBINE, Jean-Louis — 10
HUMPHREY, Robert — 55

JAKOBSON, Roman — 10, 36, 37, 93
JAMES, Henry — 46
JDANOV, Andrei — 10

KRISTEVA, Julia — 93, 94, 96

LÉVI-STRAUSS, Claude — 93
LÉVY-BRUHL, Lucian — 93
LOURENÇO, Eduardo — 18, 21
LUBBOCK, Percy — 46

MARTINET, Jeanne — 38
MENDONÇA, Fernando — 12
MONTEIRO, A. Casais — 14
MURALHA, Sidónio — 16

NAMORA, Fernando — 14, 17, 18, 64, 87
NAMORADO, Joaquim — 14, 16, 18, 19, 20

OLIVEIRA, Carlos de — 17, 18, 19, 20, 21, 36, 39, 41, 51, 99, 100

PEIRCE, Ch. Sanders — 38
PIAGET, Jean — 93
PLEKHANOV, G. — 10
PRINCE, Gerald — 37
PROENÇA, Raul — 13

QUEIROZ, Rachel de — 12

RAMOS, Graciliano — 12, 51
REDOL, Alves — 9, 17, 51, 64, 87
RÉGIO, José — 14
REGO, José Lins do — 12

SALEMA, Álvaro — 11
SANTOS, Políbio Gomes dos — 18
SARDINHA, António — 13
SAUSSURE, Ferdinand de — 38, 93
SEIXO, Maria Alzira — 55, 63, 78, 79, 95
SÉRGIO, António — 14
SIMÕES, João Gaspar — 14
STEIN, Gertrude — 11
STEINBECK, John — 11, 51

TODOROV, Tzvetan — 35, 37, 40, 66, 69, 93, 94
TORGA, Miguel — 14
TORRES, A. Pinheiro — 13
TYNYANOV, J. — 10

VERDE, Cesário — 18
VIEIRA, Yara F. — 75, 88

109

ÍNDICE GERAL

Prefácio 7

Introdução 9
  1. Neo-Realismo e empenhamento literário 9
  2. Características programáticas 13
  3. Carlos de Oliveira e o discurso neo-realista 17

Quadro sinóptico (1921-1953) 23

1. **Semiótica do discurso** 35
  1.1. Comunicação narrativa 36
  1.2. Códigos e mensagem 38
  1.3. Domínios semióticos 40

2. **Código temporal** 43
  2.1. Signos 43
  2.2. Relações sintácticas 49

3. **Código representativo** 51
  3.1. Signos 51
  3.2. Representação subjectiva 58

4. **Acção** 63
  4.1. Economia da acção 63
  4.2. Níveis da acção 68

5. **Temática e ideologia** 73
  5.1. Expressão temática 73
  5.2. Relações sintácticas 76
  5.3. Relações semânticas 77
  5.4. Expressão ideológica 85

6. **Representação simbólica** 93
  6.1. Símbolo e prática semiótica 93
  6.2. Repertório simbólico 95

7. **Conclusão** 103

Bibliografia 105
Índice de autores 109
Índice geral 111